August Wilhelm Iffland

Die Jäger

Ein ländliches Sittengemälde in fünf Aufzügen

August Wilhelm Iffland

Die Jäger

Ein ländliches Sittengemälde in fünf Aufzügen

ISBN/EAN: 9783741104329

Hergestellt in Europa, USA, Kanada, Australien, Japan

Cover: Foto ©Andreas Hilbeck / pixelio.de

Manufactured and distributed by brebook publishing software
(www.brebook.com)

August Wilhelm Iffland

Die Jäger

Die Jäger.

Ein ländliches Sittengemählde

in fünf Aufzügen.

Von

August Wilhelm Iffland.

Aufgeführt in den k. k. Hoftheatern.

Wien,
auf Kosten und im Verlag bey J. B.
Wallishausser.

Personen.

Oberförster Walberger zu Weissenberg.
Oberförsterin, dessen Frau.
Anton, ihr Sohn, Förster zu Weissenberg.
Friederike, Nichte und Pflegetochter des Oberförsters.
Amtmann von Zeck zu Weissenberg.
Adelgen von Zeck, dessen Tochter.
Pastor Seebach zu Weissenberg.
Der Schulze zu Weissenberg.
Matthes,
Rudolph, } Jäger bey dem Oberförster.
Barth, Gerichtsschreiber zu Leuthal.
Die Wirthin zu Leuthal.
Bärbel, ihre Tochter.
Reinhard,
Kappe, } Bauern von Leuthal.
Roman,
Jägerbursche.
Bauern.

Erster Aufzug

Erster Auftritt.

Rudolph. Matthes.

(Rudolph, die Jagdtasche um, stellt sein Gewehr an die Seite, und geht in ein Seitenzimmer linker Hand. Darauf Matthes — gekleidet, feistirt, aber eine weisse Nachtmütze auf)

Matthes. (träge, mit langsamen Gang, die Hände in den Taschen) Rudolph — Rudolph! der Kerl ist taub, He Rudolph!

Rudolph. (inwendig.) Was giebts?

Matth. Ich will dir was sagen.

Rudolph. (im Gewehrputzen herauskommend.) Ich habe keine Zeit — der alte ist grämlich, daß wir noch nicht fort sind. — Da — halt einmahl, ich will —

Matth. Eure Gewehre? Ich bin ein schlechter Kerl, wenn ich eins anrühre!

Rudolph. Hoho! das wird dir der Alte schon weisen.

Matth. Mit dem Weisen hat es sich wohl. Meine Zeit ist um. — Heute Mittag trag ich die Amtslivre.

Rudolph Du? — Ziehst zum Amtmann?

Matth. Ja.

Rudolph. Hast du doch nicht eher geruht, bis du den ehrlichen alten Fritz dort weggelogen hast? Was will der Alte nun anfangen? der muß betteln mit Weib und Kindern!

Matth. Hm. — Ist mir der junge Herr vom Amte doch recht nachgelaufen.

Rudolph. Zum Amtmann? — zu dem? Pfui! das sieht dir ähnlich.

Matth. Hängt das Maul, so tief Ihr wollt — Hier kann ich es nicht aushalten.

Rudolph. Weil es hier arbeitsam, ehrlich und still zugeht?

Matth. Sapperment! mein Vater war hier Oberförster; in den Stuben hier bin ich groß gezogen — nun soll ich gemeiner Jäger bey Euch seyn! Meint Ihr —

Rudolph. Hättest du was gelernt — wer weiß — so wohntest du wohl jetzt hier.

Matth. Nun, nun — es ist nicht aller Tage Abend. — Ich kann noch — wer weiß? Was seyn soll, schickt sich wohl Aber was ich sagen wollte. — Ich höre ja, die Jungfer Base vom jungen Herrn Förster, Mamsell Friederiken, kommt heute aus der Stadt wieder.

Rudolph. Nun und wenn?

Matth. Da wird es ein Aufhebens geben, wenn der Tugendspiegel wieder da ist. Sie ist zwar die Herzallerliebste vom Herrn Förster — aber —

dich brav zum Amtslakaien; kannst spionieren, lästern, saufen, und dir Geld in die Hand drücken lassen. — Mir ists recht, daß es mit der Kammeradschaft ein Ende hat. — Ich habe zu thun — leb' Er wohl. — Hör' Er — das muß ich Ihm noch sagen — nehm Er's krumm oder grade — ich halte nichts auf den Kerl, dem der schlichte grüne Rock in Ehren nicht lieber ist, als der beblechte Rock vom Amte in Unehren. (geht in das Seitenzimmer.)

Matth. (in die Thüre ihm nachrufend.) Empfehle mich, Herr Geheimerath! (im Umdrehen) Dir brech ich doch auch einmahl den Hals!

Zweyter Auftritt.

Anton. Matthes.

Anton. (kurz.) Wo ist Rudolph?

Matth. Da drin. (Anton will hinein.) Mich lassen Sie wieder zu Hause?

Anton. Was soll man mit Euch? Man kann Euch ja zu nichts brauchen; Ihr versteht keine Fährte.

Matth. Schon recht. Herr Förster!

Anton. Was giebts?

Matth. Heute zieh ich ab.

Anton. Mir recht.

Matth. Glaubs wohl! Ich ziehe aufs Amt.

Anton. Hm — meinetwegen.

Matth. Empfehle mich zu geneigtem Andenken. (geht.)

Anton. (Ins Seitenzimmer abgehend.) Schon gut.

Matth Wart, gestrenger Herr Förster — und Oberförster Adjunktus in Gedanken — ich will es dir noch besser münzen. (steht in das Zimmer, indem er die Mütze abnimmt.) — Herr Förster — (mit einer Verbeugung, freundlich. — Herr Förster, noch auf ein Wort.

Anton. Schleicht der Kerl den Leuten immer nach, wie ein Zollvisitator! Was soll werden?

Matth. Kommt denn das Wunderthier heute noch an?

Anton. Was für ein Wunderthier?

Matth. Die Stadtmamsell.

Anton. Wen meint Ihr?

Matth. Je nun — Ihre Jungfer Friedrike.

Anton. (giebt ihm eine Ohrfeige) Bursche, spreche Er den Namen mit Respekt aus!

Matth. (ohne die Manier geändert zu haben.) Nun nun, nur sachte! Wüßten Sie, was ich weiß! — Sie hätten mir die Ohrfeige nicht gegeben. (will fort.)

Anton. (reißt ihn zurück.) Was wißt Ihr? Von wem? was?

Matth. Ich habe Ihre Ohrfeige — aber auch meine Nachricht, (geschwind.) und damit gehn Sie Ihrer Wege, ich meiner.

Anton. Kerl, ich prügle Euch, daß ihr liegen bleibt, wenn ihr nicht sprecht!

Matth. Wenn ich nicht sprechen will, so thue ich es nicht, und wenn ich todt geschlagen würde. (kalt.) Und nun bleibe ich da, und spreche nichts.

Anton. Das will ich sehen. (sucht nach einem Stock, findet das Gewehr, und reißt den Ladestock heraus.) Und wenn das ganze Haus wach würde — was wißt Ihr? Ich habe das Mädchen lieb; es ist meine Base; ich will sie heurathen. Was wißt Ihr? (packt ihn an der Brust.) Lahm prügle ich Euch.

Matthes (ohne von der Stelle gerückt zu seyn, hält mit einer Hand die Hand des Försters, mit der andern den aufgehobnen Ladestock) Hören Sie mich doch.

Anton. Nichts, kein Wort — was wißt Ihr?

Matthes. Prügeln Sie mich hernach; aber hören Sie mich erst.

Anton (läßt den Stock sinken.) Hurtig.

Matthes. Sie wollen mich prügeln — aber ich leide es nicht, ich setze mich zur Wehre. — Sie prügeln mich — ich schlage Ihnen ins Gesicht — Sie treten mich mit Füssen, ich jage Ihnen den Hirschfänger durch den Leib. Dabey kommt nichts heraus. Ich brauchte Ihnen nichts zu sagen; weil Sie aber das Mädchen heurathen wollen, mag es drum seyn! — Hier sind zwey Stück Papier.

Anton (darnach fassend.) Was sollen die?

Matthes. Geduld. Die fand ich auf dem Amte, vor der Stube des jungen Herrn, im Kehricht.

Anton. Gebt her.

Matthes. Geduld — Das hier — ist ein Konzept — verstehen Sie mich — der rechte Brief an Jungfer Friedriken nehmlich ist fortgeschickt. Da.

Anton (lieſt. Er zeigt Unruhe.) Hat Friedrike geantwortet?

Matthes (lacht.) Nun — ſie iſt ein Mäd⸗ chen —

Anton. Hat ſie geantwortet?

Matthes. Nicht geantwortet, alſo einge⸗ willigt, und kommt —

Anton. Matthes —

Matthis. Er iſt ihr in den neuen Wagen mit den Füchſen entgegen gefahren —

Anton. Wenn ſie geantwortet hat —

Matthes. Er iſt ſo recht darnach angezogen. Den ſeegrünen Frack — offnes Haar —

Anton. Matthes — ich weiß, ihr könnt mich nicht ausſtehen, ihr lügt oft — aber ich will es Euch vergeben, wenn ihrs geſteht. Ihr habt meine engliſchen Schnallen gern haben wol⸗ len: Ihr ſollt ſie haben — gleich haben — wenn ihr es mir ſagt.

Matthes (auf ſeine Schnallen ſehend.) Hm — ich habe Schnallen.

Anton Da iſt Geld

Matthes. „Der Bube kann nichts verſchen⸗ ken,‟ ſagt der Herr Oberförſter.

Anton (den Brief anſehend.) Schurke! es iſt Alles erlogen.

Matthes. Er reiſt ihr eben entgegen.

Anton. Kerl! Nein! ſie hat nicht einge⸗ willigt! —

Matthes. Sie ſind ärgerlich. Ja, wer läßt ſich auch gern betrügen! In Heurathsſachen iſt das ſo, ſo — Aber hohls dieſer und jener! Sie

müssen ihr auch was zu Gute halten — es ist
ein junges, einfältiges Ding.

Anton. Kerl, du bist ein Schurke, und sie
hat nicht eingewilligt.

Matthes. Was ich weiß, müssen Sie er-
rathen. Mit dem Schurken währt es übrigens
nur noch 3 Stunden — Schlag 9 Uhr kann ich
darauf dienen. (Geht ab.)

Dritter Auftritt.

Anton. Hernach Rudolph.

Anton. Es ist nicht möglich — nein, wahrlich nicht. Matthes war immer ein schlechter
Kerl — Die Hand? die Hand ist es freylich —
daß er ihr immer nachschlich, ist auch wahr. Dazu bin ich schlichtweg — habe wenig. — Sie
war in der Stadt, hat seitdem das prächtige
Leben kennen gelernt — Der Kerl ist reich,
und — Mädchen, Mädchen! wenn du mich be-
trügst —

Rudolph (mit Antons Gewehr.) Da. Der
Garten ist nicht offen, wir müssen durchs Dorf
gehen. Pulver haben Sie, glaube ich, noch.

Anton (im Auf- und Niedergehen.) Genug.

Rudolph. Aber keine Kugeln? Da, hier
sind welche.

Anton. Her damit! Gut so, — Zwar —
nein. Nimm die Kugeln wieder. — Hier. Gieb
mir Schroot.

Rudolph. Num. 1?

Anton. Num. 3.

Rudolph. Num. 3? Und groß Wildpret?

Anton (reißt es ihm aus der Hand, und ladet.) Her! Komm mir in den Weg, Spißbube! — Komm mir in den Weg! — ich will dir Antwort bringen, daß dir Hören und Sehen vergehen soll.

Rudolph. Es liegt Ihnen was im Kopf — mein' ich.

Anton (ladet fort.) Halts Maul.

Rudolph. Leicht gerathen und bald gethan. Vorwiß plagt mich nicht — aber ich habe Ihrentwegen manches Ungewitter von dem alten Herren auf mich genommen, werde es wohl auch ferner noch; d a r u m denke ich —

Anton. Rudolph — der Schuß hier — der ist für den Amtmannsbuben.

Rudolph. Aber —

Anton. Geh, wohin du willst — schieß, was du willst — ich geh auf die Straße nach Waldau. Komm!

Rudolph. Nicht von der Stelle, bis ich weiß, was Sie gegen den Kerl haben.

Anton. Der Junge, der Bube! hat wieder an Friedriken geschrieben — einen Liebesbrief, eine Schandbestellung!

„Liebes Friedrikchen! Sie werden nun dem Vorschlage meiner Ältern nachgedacht, und für mich entschieden haben. Meine Person dürfte leicht so viel Interesse einflößen, wie der abgeschmackte Jägersbursche, der bey allen Dirnen zu finden ist. Kommt hierauf k e i n e Ant-

wort: so sehe ich meinen alten Vorschlag als
von Ihnen eingewilligt an, und reise Ihnen
morgen früh nach Waldau heimlich entgegen.
In jedem Fall wird dieses Rendezvous eine glückliche Stunde gewähren Ihrem ewig
treuen —

      Peter von Zeck."

Und sie hat nicht geantwortet, und er reiset ihr
jetzt entgegen — und — und — — Lahm schieße
ich den Hund, wo ich ihn finde!

Rudolph. Wer gab Ihnen denn das?

Anton. Matthes.

Rudolph. Matthes? Nun ja —

Anton. O sie, es ist die Hand.

Rudolph. Der Kerl ist ein Schurke.

Anton. Aber der Bube reist ihr jetzt entgegen, und die Hand ist es doch, beym Teufel!

Rudolph. Kann Alles seyn. Wissen Sie
doch, wie Sie mit Friedriken stehen

Anton Ey, was! Die Mädchen sind eitel
und falsch. Sie schwören und liebäugeln und
winseln und putzen sich, jedem zu gefallen. Mag
ein ehrlicher Kerl drauf gehen oder nicht, was
kümmert sie das?

Rudolph. Pfui! Friedrike ist —

Anton. Rudolph — So von ganzer Seele
wie wir, lieben die Mädchen nicht! (hängt die
Jagdtasche um.) Ich habe sie so lieb — Ach Rudolph, ich habe sie so lieb!

Rudolph. Und werden sie brav finden.

Anton. Wenn sie es nicht ist — sieh, des
Lebens hier bin ich satt. Mein Vater behandelt

mich wie einen Jungen. — Ich habe ausgehalten
ihr zu Liebe. Betrügt sie mich — so gehe ich
fort, werde Soldat — und giebts keinen Krieg,
so mache ich einen dummen Streich. Dann jagen sie mir eine Kugel durch den Kopf, und es
ist aus. Komm! (will ab)

Vierter Auftritt.

Vorige. Oberförsterin mit einer Lampe.

Oberförstn. J, schönen guten Morgen,
Anton — schönen guten Morgen.

Anton. Danke, liebe Mutter, danke.

Oberförstn. Ausgeschlafen, Anton? Ausgeschlafen? — Ihr geht heute wieder früh aus.
Das ist ein Leben! Keine Ruh und keine Rast.

Anton. Je nun, was will das sagen? —
Adieu.

Oberförstn. Warte doch noch — warte.
(Er geht nach der Thüre.) Ey, ich wills h a b e n,
du s o l l s t warten. (Anton kommt.) Ist das nicht
ein Wetter! J, du mein lieber Himmel!

Anton. Wird schon hell werden. Adieu, Mutter! Es wird wahrhaftig zu spät.

Oberförstn. Nur einen Augenblick. „Hell
werden?" — Rudolph, treibe, daß der Kaffee
kommt — (Rudolph ab.) „Hell werden" sagst du!
Der Mond hatte gestern Abend einen Hof, Anton. Er war nicht so viel hell, als ein Spezies-
thaler groß ist; dann wird es denn all' mein
Tage den andern Tag kein helles Wetter.

Rudolph. Hier bringe ich den Kaffee schon, Madam.

. **Oberförstn.** Gut, gut. Nun Anton — (schenkt ein.) Geschwind trink ein Schälchen, Anton.

Anton Ich kann nicht. Ach Gott, es ist mir ohnebin heiß genug.

Oberförstn. Was heiß? Es ist rauhes Wetter. Der Kaffee wärmt den ganzen Menschen — trink nur! (sie zwingt ihm eine Schaale auf) Hast du auch die Brust gut verwahrt, Anton? (Sie knöpft ihm, indeß er trinkt, die Weste bis an den Hals zu, die Flinte liegt ihm im Arme, er hat den Hut auf.) Ey, so laß doch die Knöpfe zu, Anton! Was das für eine alberne Mode ist! Da wird der Magen verkältet, die Gesundheit nicht konserviert, und das junge Volk stirbt hin. Die Brust verwahrt, die Brust verwahrt! das war eine goldne Regel bey uns Alten! nun trinkst du noch eine.

Anton (mit dringender Eil) Mutter, ich muß wahrhaftig fort.

. **Oberförstn.** Nun so geh. Höre — wenn Riekchen nur ein paar Tage da ist; so soll sie dir ein Leibchen nähen. Da, nimm das Tuch, halt den Hals hübsch warm — hörst du?

Fünfter Auftritt.

Vorige. Oberförster: hernach Matthes.

Oberförster. Noch hier? — Plagt dich denn —

Anton. Eben wollte ich — (will gehen.)

Oberförster. Bleib! Matthes!

Matthes. (kommt.)

Oberförster. Seine Nachtmütze. (Matthes ab.) Wieder ins Bette! Ich will fort.

Anton. Ich war schon auf dem Wege, aber die Mutter —

Oberförstn. Ich — hatte ihm was zu sagen. Ich habe es ihm befohlen, er sollte da bleiben.

Oberförster. Das ist ein ander Ding. (zu Anton.) So mußtest du da bleiben. (zu Matthes.) Geht Eurer Wege! (zur Oberförsterin.) Faß dich ein andermahl kürzer.

Anton. Adieu, Vater.

Oberförster. Aufgepaßt — nicht eingekehrt — Fix! um zehn Uhr wieder hier. Allons, marsch! (Anton und Rudolph ab.)

Oberförstn. Ruf ihm doch nach, sag ihm, daß er von der Sau wegbleibt. Christian ist erst gestern geschlagen, und —

Oberförster. Wenn du sie anlaufen lassen willst, so kann er zu Hause bleiben.

Oberförstn. (mit gutmüthigem Auffahren.) Ey was! ich muß dir meine Meinung einmahl kurz weg sagen.

Oberförster. Ha ha ha! das kannst du nicht.

Oberförstn. Was? Was kann ich nicht?

Oberförster. Kurz weg sprechen.

Oberförstn. Nun, so will ich gar kein Wort sprechen. (geht an den Kaffetisch, schenkt ein und murmelt dazu.) Man möchte ersticken!

———

Oberförster. Wenn du beym Nachtwäch-
ter anfängst; so hörst du beym türkischen Kai-
ser auf.

Oberförstn. Aus dem ewigen Bellen und
Lärmen kommt nichts heraus. Der Junge ist so
übel nicht.

Oberförster. Richtig. Darum soll er noch
besser werden.

Oberförstn. Hm — ein Mensch ist kein
Engel, und Anton —

Oberförster. Nun — hat auch noch zu laufen bis dahin.

Oberförstn. Das verwünschte Auffahren —
das!

Oberförster. Bilde dir nicht ein, daß du ihn
lieber hättest, als ich. Der Junge ist wild, wie
der Teufel. Wenn ich gut wäre, wie eine Schlaf-
müße; ich glaube, er steckte uns das Haus über
dem Kopf an — He — Matthes!

Matthes. Herr Oberförster!

Oberförster. Mein Morgenbrod!

Matthes. (geht ab)

Oberförstn. Höre einmahl — wie steht es
denn mit Mamsell Kordelchen vom Amte?

Oberförster. Ist sie krank? Frag den Doktor.

Oberförstn. Nicht doch. Ich meine — hm
— wunderlich — ich meine —

Oberförstn. Was?

Oberförstern. Wenn mein Anton Mamsell
Kordelchen heirathe. (Matthes bringt ein Glas Wasser und Brod, nebst einem Messer.)

Oberförster. (mit bedeutend verdrießlichem Blick.)

Darauf weiß ich dir nicht zu antworten. — Matthes — ist dem Schulzen sein Bauholz angewiesen?

Matthes. Ja.

Oberförster. Um welche Zeit?

Matthes Gestern Abend um vier Uhr.

Oberförster. Es ist gut. Ihr habt mich zeither oft belogen: wenn dieß wieder nicht wahr ist, schicke ich euch fort. Eure Zeit ist ohnedieß heute ganz um.

Matthes. Herr Oberförster — ich nehme es an, und ziehe gleich ab.

Oberförster. So? — Nun — wenn Ihr wollt, ich kann schon wollen — Da ist euer Geld.

Matthes. Empfehle mich. (geht ab.)

Oberförster. Gute Besserung. Ich bin froh, daß ich den Menschen los bin. — es ist ein böser Bube.

Oberförstn. (die, als Matthes kam, wieder an ihrem Kaffeetisch gegangen war.) Gift und Galle muß man trinken!

Oberförster. Was?

Oberförstn. Ich sage kein Wort, — kein Sterbenswort. Aber — oder — es drückt mir das Herz ab, wenn ich so sehen muß, daß —

Oberförster. Es ist kein Auskommen mit der Frau Nun — ich will es einmahl aushalten. Sprich — sag Alles, was du weißt; aber Alles! denn so bald kriegst du mich nicht wieder.

Oberförstn. Sag mir nur, wozu bin ich da? Immer muß ich Unrecht haben. Dieß hätte ich so machen können, das wieder anders. Hier

habe ich gesündigt; dort habe ich einen Bock geschossen. Bald hätte ich reden, bald schweigen
sollen. Wenn ich den Mund aufthue, habe ich
Unrecht. Was ich rede, ist einfältig. Ey, wozu
hat man den Mund, als zum Reden!

Oberförster. Nun, mein Kind — ha ha ha
— dazu brauchst du ihn auch.

Oberförstn. Ich? Wer — ich? Wenn läßt
du mich denn wohl zum Worte kommen? Wo
darf ich meine Meinung sagen? Auf Martini werden es zwey Jahr, daß ich zuerst von der Heirath gesprochen habe — da ging das Unglück los.
Nun — ich habe geschwiegen — geschwiegen, was
ich konnte. Nachher hat es der Herr Amtmann
mir wieder unter den Fuß gegeben; aber, so wie
ich nur den Mund aufthat — ward ich ja ange-
lassen! Jetzt hat die Frau Amtmännin in der
Kirche wieder angefangen: „Mamsell Korbelchen
hätte meinen Anton gar zu gern.‟ Nun — denke
ich, Ehen werden im Himmel geschlossen — und
wenn es Gottes Wille ist, daß mein Anton Mamsell Korbelchen heirathen soll; so werden wir nichts
dazu und nichts davon thun können. Ich habe es
gesagt. — Du bist Vater, wie ich Mutter. —
Thu nun, was du willst — ich sage kein Wort
mehr!

Oberförster. Bist du fertig?

Oberförstn. Ja.

Oberförster. Nun sprich nicht eher wieder,
bis ich dich frage.

Oberförstn. O ich will nichts — gar kein
Wort will ich sagen.

Oberförster. Noch besser. Das Amt hat dir also die Heurath recht nahe gelegt?

Oberförstn Ja. Nahe — ganz nahe.

Oberförster. Nun, eben darum liegt mir die Sache weit, weil — ganz weit.

Oberförstn. Nun da haben wirs! Warum denn? Sag, warum?

Oberförster. Sieh, mein Kind, was man so unter dem Preise weggiebt, pflegt kein gangbarer Artikel mehr zu seyn.

Oberförstn. Was? Mamsell Kordelchen —

Oberförster. Kurz, ist ein alter Ladenhüter.

Oberförstn. Wollte nicht der — hm — der — was war er — unter den Küraßieren — und hernach der Oberbereiter von — von Dings da! Wollten sie nicht alle beyde heurathen?

Oberförster Sie haben es gewollt, als sie auf dem Amthof logirten. Du lieber Himmel! was wollen solche Herren nicht, wenn sie freye Tafel spüren! Hernach sind sie weggeritten und haben es vergessen. Kurz — es geht ihr mit ihren Liebhabern, wie uns mit unserm Röhrwasser — sie bleiben aus. Zum Nothbedarf ist mein Sohn überall zu gut Zum Nothbedarf für eine Gaunersfamilie nun vollends.

Oberförstn. Gott bewahre! was das für Reden sind!

Oberförster. Verplaudre ich da wieder meinen Morgen mit Dir. — Es ist überhaupt noch zu früh für ihn — der Junge soll gar noch nicht heurathen Punktum.

Oberförstn. Und die schöne Doppelmariage,

die das gegeben hätte, wenn Monsieur Zeck
Rieschen geheurathet hätte!

Oberförster. Ist das nicht ein Kreuz mit
den Weibern! Sind sie jung — so laſſen sie sich
freyen; und ist die Rechnung geschloſſen, so haben Sie die Wuth, andre zu verfreyen. Nun
nun — nur nicht böse! Du bist sonst ein kreuz-
braves Weib, fromm — redlich — wie ich sage,
kreuzbrav — bis auf den alten Weiberverstand
und die Liebe zu den harten Thalern — kreuzbrav!

Oberförstn. Die harten Thaler? Ja wenn
ich nicht gewesen wäre! Bey dir würde es ja
heiſſen:

,,Alles verzehrt vor seinem End,

,,Macht ein — —

Oberförster. ,,Macht ein richtiges Testament.

Oberförstn. Aber zum guten Glück habe
ich meine paar tausend —

Oberförster Thaler zusammen gespart. —
Ich bitte dich, schweig von dem Geldkapital,
sonst —

Oberförstn. Ich sollte nur nicht so Acht —

Oberförster. Höre ich will —

Oberförstn. Wenn du nur gekonnt hätteſt,
wie du —

Oberförster. So höre doch!

Oberförstn. Was?

Oberförster. Wie viel willst du haben? Ich
kaufe dir das ab, was du hast noch sprechen wollen! Ja?

Sechster Auftritt.

Vorige. Der Schulze.

Schulze. Guten Morgen, Herr Oberförster, guten Morgen Frau —

Oberförster. Je — guten Morgen!

Oberförstn. Guten Morgen, guten Morgen, Herr Schulz! Ey, Er ist ja gar zu rar geworden. Ich glaube, in vierzehn Tagen ist Er nicht hier gewesen. Das ist nicht hübsch, weiß Er das wohl? Nicht nachbarlich. Man muß seine alten Freunde nicht vergessen, man muß —

Oberförster. Seine alten Freunde zum Worte kommen lassen. Geh in deine Küche! Wir werden zu sprechen haben — nicht wahr?

Schulze. (bejahet es nachdenklich)

Oberförstn. Gut, gut! Ich gehe, (gehet ein paar Schritte, kommt aber gleich wieder und nimmt den Schulzen bey Seite) Ehe Er weggeht, kommt Er doch einen Augenblick zu mir herein. Nicht wahr? Ich will ihm erzählen, wie —

Oberförster. Tausend Sapperment!

Oberförstn. Nun nun — Herr Isegrimm, ich gehe ja schon. (geht ab.)

Siebenter Auftritt.

Vorige. Ohne Oberförsterin.

Oberförster. Nun! Was Neues, Herr Schulz?

Schulze. Hm! Neues genug; aber — leider Gottes nichts Gutes!

Oberförster. Wie so? Was ist —

Schulze. Was wirds seyn? die alte Leyer. — Unser Herr Amtmann zieht uns einmahl wieder die Haut über die Ohren.

Oberförster. Was solls geben?

Schulze. Nun — „die Gemeinde hätte so starke Ausgaben — es gienge dieß Jahr so viel auf.'' Das muß nun freylich der Herr Amtmann am besten wissen, denn er hat die Kasse. „Damit er nun dem allen vorstehen könnte; so sollte aus dem Gemeindewald für tausend Thaler Holz gehauen werden.''

Oberförster. Es ist nicht möglich!

Schulze. Was ich Ihnen sage.

Oberförster. Für tausend Thaler?

Schulze. Je nun — es giebt einen lackierten Wagen.

Oberförster. Je, da soll ja den Amtmann das — Nun, nun — ich muß doch auch mit dabey seyn, muß doch so ein kleines Wörtchen mit dazu sprechen.

Schulze. Sie sind brav. Gott vergelt's Ihnen, was Sie schon an uns gethan haben. Aber hierin können Sie uns nicht helfen. Es geschieht gewiß, was der Amtmann will.

Oberförster. Nichts. Ich mache meine Vorstellung dagegen. Der ganze Wald würde ja verdorben! Es ist nicht möglich! Weiß Er was? Ich gehe selbst in die Stadt — ich übergebe die Vorstellung den Herren selbst.

Schulze. In die Stadt? Herr Oberförster — Nein!

Oberförster. Warum nicht?

Schulze. Sehen Sie, wenn wir in der Stadt klagen; so meint d e r Herr dieß, der andre das, manche meinen gar nichts. Endlich wird einer ausgesucht, der soll nun darüber sprechen. Der E i n e? Gott bewahre uns in Gnaden! der reiset das ganze Jahr hier herum und dort herum, erkundigt sich, sieht nach — seine ganze Familie besucht ihn. Bald hat er zu viel Arbeit, bald wird er krank. Wir zahlen die Diäten. Nun kriegt auch wohl wieder ein anderer darüber zu sprechen. Wir gehen hin und wieder her, suchen, betteln, es kostet uns schweres Geld, die Arbeit bleibt auch liegen. Ehe wir es uns versehen, kommt ein Bescheid: „Wegen Widerspenstigkeit hiermit ab und zur Ruhe verwiesen.“ Der Amtmann läßt ihn publicieren, giebt den Kommißionsherren ein Gastmahl, haut uns den Wald vor der Nase weg, fährt mit Frau und Kindern ins Bad — und am Ende kostet es z w e y tausend Thaler.

Oberförster. Er thut dem Dinge zu viel. Es giebt redliche Männer in der Stadt, und ich will ihnen alles so unter die Augen legen, daß sie sich der Sache wohl sollen annehmen müssen.

Schulze. Hoho — habe al. mein Leben gehört — „Keine Krähe hackt der andern die Augen aus. Die Frau Amtmännin hat dem Herrn Amtmann das Amt so gleichsam zum Heuraths-gut mitgebracht: der giebt nun am rechten Orte

Steuern und Gaben — drum fragt ihn kein
Mensch, wie er es mit uns treibt. — Warum
wollten Sie sich Feinde machen? Laffen Sie es
gehen, wies geht! — Im Punkt der Juftiz,
wird es hier zu Lande noch lange finftre Nacht
bleiben.

Oberförfter Ehrlich und grade durch; da=
mit halte ich es.

Schulze. Ganz gut — aber —

Oberförfter. Überhaupt fuche und fordre
ich von den Leuten all mein Tage nichts, als was
von Gott und Rechtswegen mein ift. Wollen fie
mir das nicht gegen; ftehlen fie mir mein Ver=
dienft aus der Tafche: Nun — fie mögen es
verantworten; aber ich bleibe auf meinem Wege.
Es hat mir denn doch auch fchon wohlgethan;
mich — fchlecht und recht, vor fo einem Kerl
hinzuftellen, und ihn fcharf ins Auge zu faffen.
Mit dem Rothwerden hatte es fich nun wohl!
Aber, was ihnen auch das Gewiffen fagte; fie
machten fo wunderliche Geberden, und fahen fo
albern dabey aus — daß ich all ihre Schätze
für folche Augenblicke nicht haben möchte.

Schulze. Ja — da denk' ich eben an etwas.
Neulich — es mögen ein acht Tage feyn — be=
gegnete ich dem Amtmann, wie er — es war in
aller Frühe — von einer Leiche kam. Da fah er
nun ganz unfcheinbar und grämlich aus. Hm!
dachte ich fo bey mir felbft, es ift doch was
gar Bedenkliches um das letzte Ende! Man fey
gewefen, wer man wolle, da fällt einem alles
haarklein bey. Hm! dachte ich dann fo weiter,

wenn dem Amtmann einmal so alles beyfällt! Herr Oberförster, ich möchte dann nicht um und neben ihm seyn, ich denke, es müßte nicht gut mit ihm stehen —

Oberförster. Herr Schulz — ich hoffe zu Gott, um die Stunde sollst mit uns beyden einmal ganz still abgehen.

Schulze. Ich hoffs auch. — Adieu! — (schüttelt ihm die Hand.) Es bleibt beym Alten. (Geht ab.)

Oberförster (ihm nach.) Es bleibt beym Alten! Nun will ich doch auch auf der Stelle meinen Bericht machen. (Setzt sich, und will schreiben.)

Achter Auftritt.

Rickchen von der Oberförsterin geführt, und der Oberförster.

Oberförstn. Da — da bring' ich dir dein Rickchen, mein Goldmädchen.

(Oberförster. Mädchen! (sie umarmen sich.)

(Friedrike. Lieber alter Vater!

Oberförster. Mädchen, wo kommst du so früh her?

Friedrike. Ach — bin ich nun wirklich wieder da?

Oberförstn. Gewachsen, einen ganzen Kopf gewachsen. Komm her, Mädchen, hier an der Thür. (Sie geht dahin.) Hier ist noch das Zeichen, wie groß du warst, als du fortgingst. Komm!

Oberförster. Haſt du denn deinen Alten wohl nicht vergeſſen?

Friedrike. O Gott! Können Sie mich das fragen?

Oberförſtn. Nun Riekchen, komm! Hier an der Thür ſteht es.

Oberförſter. Bleib mit deinem dummen Zeuge weg.

Friedrike. Ich bin alſo merklich gewachſen?

Oberförſtn. Ja, komm doch nur hier an die Thür —

Oberförſter. Sapperment, ich wollte, du wäreſt hinter der Thür.

Oberförſtn. Denk nur — einen Kopf — einen ganzen Kopf, in vier Jahren!

Oberförſter. Sag mir nur, Mädchen, wie es zugeht, daß du ſo früh kommſt? Wir haben dich alle erſt um Mittag erwartet.

Friedrike. Ich bin nicht über Waldau gereiſt, und die Nacht durch gefahren.

Oberförſter. Die Nacht —

Oberförſtn. Die Nacht? Ey, du armes Mädchen, du armes Mädchen! Willſt du Kaffee? Wein? Suppe? Was willſt du haben? Ich will gleich alles beſtellen. — Warte — hm — wo werde ich nun den Schlüſſel haben? (Sie ſucht in den Taſchen.) Warte nur —

Friedrike. O ich verbitte —

Oberförſtn. Ja warum nicht gar — verbitten? Bewahre! Wenn ich nur den Schlüſſel — alles kramen ſie mir weg!

Oberförſter (geht ungeduldig herum.)

Friedrike. Es ist wirklich unnöthig.

Oberförstn. Da ist der Schlüssel. „Unnöthig?" das weiß ich besser. Wenn man so fährt
— und in der Nacht gar — die Nacht ist nie-
mands Freund. — man ängstigt sich — und
dann die kalte Luft und nichts Warmes. Nein,
das geht nicht — Gleich sollst du haben, gleich.
(Geht ab.)

Neunter Auftritt.

Oberförster. Friedrike.

Oberförster (halb vor sich und ärgerlich, indem
sie geht) Daß dich das —

Friedrike. In vier langen Jahren habe ich
Sie nicht gesehen, und finde Sie Gottlob frisch
und gesund. Meine liebe alte Mutter, die —

Oberförster (herausplatzend.) Die spricht noch
immer — die —

Friedrike (ihn besänftigen wollend.) Haben Sie
mich noch so lieb, wie sonst?

Oberförster. Hm!

Friedrike. Wie?

Oberförster. Das war eine rechte — —
Stadtfrage — die!

Friedrike. Sie sind böse und —

Oberförster. Riekchen, frag doch nicht so
albern — (gemäßigt) so wunderlich.

Friedrike. Aber —

Oberförster. Wenn ich böse bin, so mag
ich anders aussehen, wie jetzt. Wenn ich böse

wäre, so könnte ich dich nicht leiden — und
ich habe mich auf dich gefreuet — daß du es
nur weißt

Friedrike. Haben Sie?

Oberförster Das hörst du ja (*befehl.*) Aber
wie kann ich denn dazu kommen, daß ich mich
freue? Wenn das Weib anfängt zu sprechen —
dann ist alles aus — dann —

Friedrike. Rechnen Sie ihr das nicht an —
sie liebt mich — ich kam so plötzlich — es ist nun
einmal ihre Art so.

Oberförster. Wetter noch einmal! das ärgert mich eben — das —! Wie lange bist du
gefahren?

Friedrike. Funfzehn Stunden.

Oberförster. Mit Madam Schmidt?

Friedrike. Ja. Was macht Vetter Anton?

Oberförster Alles Gutes.

Friedrike. Er ist auf der Jagd?

Oberförster. Ja.

Friedrike. Wohl schon seit gestern?

Oberförster. Hast du Schulden gemacht in
der Stadt?

Friedrike. Schulden? Lieber Vater — ein
Mädchen — ich?

Oberförster. Nun, nun — wer weiß? das
Wesen an Euch kostet Viel — und — und —

Friedrike. Ich habe mich immer nach meiner Lage gerichtet, und nie vergessen, daß ich
ohne Ihre Vatergüte nicht leben könnte —

Oberförster. Wie viel hat dir die Alte
monatlich geschickt?

Friedrike. O lieber Vater, nie kann ich ihr verdanken, was sie mehr als Mutter an mir gethan hat.,

Oberförster (schon vorher; um die Art — Wie? verlegen) Da — nimm das.,

Friedrike. Wie? ich —

Oberförster. Nun so nimms ins Kukuks Namen!

Friedrike. In dem Augenblick — Kaum so viel Gutes empfangen — und nun schon —

Oberförster. Ich gebe von Herzen, oder ich laß es bleiben. Nun zierst du dich doch, als —

Friedrike. O wenn Sie das glauben? So —

Oberförster. Nein, nun nicht. Es ist wenig — es ist, was ich bey mir habe, und entbehren kann. Ich dachte dir Freude zu machen —

Friedrike. Bester Vater!

Oberförster. Nun aber wäre es gerade so, als wenn ich einen Konto abfertigte, und dein Knix sagte: Zu Danke bezahlt. Ein andermal, ein andermal.

Friedrike. Eine Freude, die ich mir ausgedacht hatte, ist mir auch verdorben, weil der Postknecht von der letzten Station so langsam fuhr. Ich wollte recht früh kommen — ich wollte vor Ihrer Thür warten, und wenn Sie „Matthes!" gerufen hätten — so wäre ich gekommen, und hätte Ihnen das Frühstück gebracht.

Oberförster. Hast du das gewollt? Laß dich küssen, Mädchen. Der dumme Postillion! Ja das war hübsch ausgedacht. Ich mag so was

wohl leiden. So was ist dir immer recht gut
gerathen. Esel von einem Fuhrmann — der! —
Hm! du hast es doch immer recht gut mit mir
gemeint. Aber ich habe mich auch auf dich ge=
freuet, wie auf meine wirkliche Tochter. Sieh,
ich fange an stumpf zu werden — der Junge ist
toll und wild, und macht mich manchmal recht
grämlich — meine Alte, die kann auch nicht
mehr so fort, wiewohl ehedem' — und dann —
Nun — Gott sey Dank, daß du wieder da
*ist! Nun kannst du mir wieder was vorlesen,
oder wir gehen spazieren, du erzählst mir was
aus der Stadt, singst mir was vor, so geht all=
gemach die Zeit gut hin, bis es einmal bricht.

Zehnter Auftritt.

Vorige. Oberförsterin mit Kaffee, einem
porzellänenen Suppennapf, und einer zitzenen
kleinen Jacke unter dem Arm.

Oberförstn. Hier ist Suppe und Kaffee,
— was du nun willst — was du willst. Und da —
da habe ich ein Jäckchen, daß du vor vier Jah=
ren trugst — daran sieht man es ganz deutlich,
daß du gewachsen bist. O ich habe so eine Freu=
de, daß du gewachsen bist! Ich wollte — ja
ich wollte —

Oberförster. Daß dir das Maul zuwüchse.
(Geht ab.)

Oberförstn. (ihm nach.) Ja, damit wäre

dir übel gerathen. (zu Friedriken.) Mein liebes
Kind, wenn —

Eilfter Auftritt.

Friedrike. Oberförsterin.

Friedrike Wir wollen ihm nachgehen. Was
meinen Sie? nicht wahr?

Oberförstn. Nicht doch, Kind! Da bleiben. Nicht nachgehen.

Friedrike. Ich möchte gern jeden Augenblick
unter Ihnen Beyden theilen —

Oberförstn. Das wollen wir hernach. Jetzt
laß ihn —

Friedrike. Aber —

Oberförstn. Ey was. Wer sich um jedes
Gesicht bekümmern wollte, das einem die Männer machen — und vollends Der! Der ist noch
eben so, wie er sonst war. Ja, was habe ich
mir nicht für Mühe gegeben, den Mann zur Räson zu bringen — aber da ist Hopfen und Malz
verloren. Ja was Hänschen nicht lernt, lernt
Hans nimmermehr. Gelärmt, gebrummt, ge-
schimpft, geflucht, von früh -- bis in die sin-
kende Nacht Da ist kein Ende und kein Anfang. —
Nun — trink ein Täßchen, schenk dir ein.

Friedrike Sorgen Sie nicht — ich werde
mich nicht vergessen.

Oberförstn. Oder nimm Suppe — was
du willst — wie du willst (als ob ihr auf einmahl
etwas einfiele, mit altmütterlicher Art.) Ich will denn

doch lieber zusehen, wo er geblieben ist, daß er
mir nicht etwa gar ausgeht. (geht ab.)

Zwölfter Auftritt.

Friederike. allein.

Anton. — **Anton!** du willst mich lieben,
und gehst fort, da ich komme? Er muß böse auf
mich seyn; gewiß, gewiß! sonst wäre er hier.
Indeß, auf gleichgültige Dinge zürnt man ja
nicht — also liebt er mich doch! **Anton!** lieber
viel Zorn, als Kälte.

Dreyzehnter Auftritt.

Oberförsterin. Friedrike.

Oberförstn. Wo mag er doch seyn? Gewiß trabt er draussen im Garten herum und
brummt. — Noch nicht getrunken? Ja, heuti-
ges Tages hungern sich die Mädchen die Schwind-
sucht an den Hals, um nur die Taille nicht zu
verderben. (Friedrike trinkt.) Nun Kind, wie
stehts? Hat der Abschied von der Stadt dir viele
Thränen gekostet?

Friedrike. O nein! mit freudigem Herzen
eile ich hieher.

Oberförstn. Kind, Kind, verstelle dich
nicht! Die vielen jungen hübschen Herren. —
Vier Jahr in der Stadt — ein hübsches Mädchen — mach mir nicht weiß, daß du keinen Lieb-

haber gehabt hätteſt, ich bitte dich; mach mir
das nicht weiß!

Friedrike. Nun — wenn auch einige mir
verſichert hätten, daß — daß — liebe Mutter,
ich laſſe keinen Liebhaber zurück.

Oberförſtn. Dein Herz iſt alſo noch frey?

Friedrike. Ich ſage Ihnen, daß ich die Stadt
gern verlaſſen habe.

Oberförſtn. Brav, brav. Du ſollſt hier
ein Partiechen thun. Nun ſeht doch? Feuerroth
über und über. Der junge Muſje Zeck — was
ſagſt du dazu? Und Anton — heurathet Mamſell Korbelchen — da iſt Vieren geholfen. Gelt?
Ja, mein liebes Kind, das habe ich auf dem
Amte ſo gut, als richtig gemacht.

Friedrike (erſchrocken.) So?

Oberförſtn. Und meinen Alten? Sorge nicht,
den bringe ich auch noch herum.

Friedrike (vergnügt.) Will der nicht?

Oberförſtn. (ſchnell) Durchaus nicht.

Friedrike. Man muß ihm wohl ſeinen Willen laſſen — das Widerſprechen macht ihn böſe.

Oberförſtn. Das will ich auch nicht. Du
ſollſt ihn darauf bringen.

Friedrike. Wie? ich?

Oberförſtn. Sollſt mir ihn bereden helfen.

Friedrike. Das wird ſich wohl nicht ſchicken —

Oberförſtn. Und, liebes Kind — wenn du
heuratheſt — nur gleich auf die Autorität gehalten! Auf die Autorität gehalten! ſonſt geht dir
es ſo, wie mir.

Friedrike. Gott machte mich recht glücklich, wenn ich einst in so einer Ehe lebte, wie Sie —

Oberförstn. Hm — mein liebes Kind! Ehestand ist Wehestand — (sich was zu gute thuend) indeß —

Friedrike (mit Wärme.) Sie sind sehr glücklich. In der Stadt habe ich so wenig gute Ehen gesehen, daß ich nur vor dem Wort „Heurath" zittre. — Der gute Vater! Er liebt Sie so herzlich.

Oberförstn. Ja, ja, das ist wahr. Das muß man sagen. Alles was Recht ist — das thut er.

Friedrike. Er würde ohne Sie nicht leben können.

Oberförstn. I nun — ich — wenn ich — es ärgert mich nur, daß er so ein Brummbär ist — aber ich halte doch große Stücke auf ihn.

Friedrike (sie bey der Hand fassend.) Ja wohl, das weiß ich.

Oberförstn. Wenn er mannichmal Abends von der Jagd kommt, und seinen Husten kriegt, so wird es mir recht ängstlich. Er war neulich einmal ein bischen krank — nun, so meinte ich doch nicht anders, als das ganze Dorf wäre mir zu enge! Wenn er nur ein paar Tage über Feld muß — und Mittags ist sein Platz leer — oder ich seh ihn Abends unter der Linde sein Pfeifchen nicht rauchen! so ist mir ganz wunderlich zu Muthe. Ich gehe im Dorfe zu diesem und jenem — die Leute sind auch alle recht nachbarlich und gut. Da ist auch wohl der Schulze gekommen. Nun,

C

lieber Gott — es ist ein guter Mann, der Schulze, ein braver Mann! Aber es ist doch mein Alter nicht — nein, es ist mein Alter nicht.

Ein Bursche. Der Herr schickt mich aus
dem Garten, ich sollte die Frau fragen, ob sie
nun nach der Thür gesehen hätte? sollte ich sagen.

Oberförstn. Ja, ja, ich hätte darnach gesehen. (Bursche ab.) Nun aber doch zur Kuriosi-
tät, komm einmal her an die Thür. (Sie gehen
beyde hin, und Friedrike wird an die Thüre gemessen.)
Richtig, einen Kopf bist du gewachsen — einen
ganzen Kopf. Aber über den Anton wirst du dich
wundern, der ist lang — mächtig in die Höhe
geschossen.

Friedrike. Es soll ein schöner Mann geworden seyn.

Oberförstn. Kind, sag das nicht, daß es
sein Vater hört; denn wenn ich sage: „Es ist
ein Mann, er muß heurathen!" so sagt er: „Es
ist ein Bube, er solls bleiben lassen."

Friedrike. So — darum —

Oberförstn. Nun sieh, mein Goldmädchen,
das ist es ja eben, was ich sage. Darum ist ja
alle Tage der ewige Zank. Ich sage ihm auf die
beste Art von der Welt, daß er Unrecht hat; aber
was hilfts? Er glaubt es nicht.

Friedrike. Er wird freylich einwenden —

Oberförstn. Wunderliches Zeug: „das Mädchen wäre unglücklich, die den Jungen jetzt
kriegte; er müßte erst ausbrausen; das hieße ein
armes Weib betrügen" und was es mehr ist.
Ey — mit meinem Anton denke ich keine zu be-

trügen. Es verkauft sich gewiß keine an ihm.
Manche Jungfer aus der Stadt würde zufrieden
mit ihm seyn.

Vierzehnter Auftritt.

Vorige. Oberförster.

Oberförster. Hast du nichts in der Küche
zu thun?

Oberförstn. Ey, der Bratenwender geht
ohne mich.

Oberförster. Aber deine Töpfe, Frau —
deine Töpfe!

Oberförstn. Haben alle Feuer.

Oberförster. Nun, du magst da bleiben.
Auf Treue und Glauben, daß du still seyn willst.
Riekchen! ich habe mir vorgenommen, diesen
Mittag eine kleine Tischgesellschaft zu bitten. Du
sollst sie aussuchen. Im Hause sind — du —
hier die Stumme, ich und Anton. Wen willst
du noch haben?

Friedrike. Da ich wählen darf — Erstlich,
Ihr lieber Pfarrer —

Oberförster. Gut — brav! der sitzt bey
mir. Odel — ja, so solls seyn. Du in der Mitte, wir beyde an deiner Seite.

Oberförstn. (schnell.) Ey, wo denkst du hin?
das geht ja nun und nimmermehr an.

Oberförster. Pst — oder — weiter!

Oberförstn. Zwar ja. Der Amtmann kann
bey mir sitzen — und die Amtmännin —

Oberförster. Was giebts?

Oberförstn. Nun?

Oberförster. Was giebts mit dem Amtmann? Was soll der hier?

Oberförstn. Nun, ich will doch hoffen, daß
du den mit herbitten läßt!

Oberförster. Donner und Wetter! — —
(Sieht umher.)

Friedrike. O lieber Vater, seyn Sie
nicht böse!

Oberförstn. Kind, den mußt du wahrhaftig bitten!

Oberförster. Ich mag nicht.

Oberförstn. Aber Kind, bedenk doch —

Oberförster. Ich will nicht.

Oberförstn. Warum denn nicht?

Oberförster. Das Essen schmeckt mir nicht,
der Wein widersteht mir, ich kann nicht froh
seyn, wo das Volk ist!

Oberförstn. Ach du mein Himmel! das
giebt einen schrecklichen Lärm. (Der Oberförster geht
die Länge des Zimmers durch.) Das ganze Dorf
weiß, daß wir uns auf den Tag gefreuet haben,
daß wir Gäste bitten wollten. Bitten wir die
nicht: so ist ja die pure klare Feindschaft ange-
kündigt — hm! Riekchen! hm!

Oberförster. Ich bitte niemand zum Essen,
um ungesund nach Hause zu gehen; noch weniger glaube ich, jemand damit eine Ehre zu er-
zeigen. Es sind gute Freunde, denen ich Gelegenheit geben will, mit mir froh zu seyn. Ich bin
kein Freund vom Amtmann. Das kann ich ihm

nicht bergen, und mag es ihm nicht bergen.
Sind wir an einem Tisch, und ein Glas Wein
hat mich froh gemacht, so spreche ich, was ich
denke — was ich denke — was ich denke. Je
mehr der Amtmann trinkt, je stummer wird er.
Und der Mann, der nach einem Glase Wein noch
verstecken kann, was er denkt, ist mein Mann
nicht.

Oberförstn. Ey, man muß mit jedermann
in Frieden leben.

Friedrike. Thun Sie es doch nur diesmal.

Oberförstn. Das wird ein Aufsehen geben!
Und am Ende käme es gar auf das arme Mädchen. Dann sieht es aus, als wenn die Schuld
an dem Haber wäre. Nun thu es doch — einmal ist ja nicht immer.

Friedrike. Entschließen Sie sich; einmal ist
ja nicht immer.

Oberförster (denkt nach) Hm! — ja. Ich
wills thun. Aber, wenn sie mir grade gegenüber,
oder dicht an der Seite zu sitzen kommen, so
gehe ich davon, und esse im Hirsch.

Oberförstn. Also sollen sie gebeten werden?

Oberförst. Ja. Aber ha ha ha! Du wirst
sehen, es wäre besser, ich hätte es bleiben lassen. Ich bitte mir nun auch noch einen guten
Freund dazu.

Oberförstn. Wen denn?

Oberförster. Den Schulzen.

Oberförstn. Ey bewahre! das ist ja gegen
den Respekt.

Oberförster. Entweder der Amtmann und der Schulz, oder keiner von beyden.

Oberförstn. Nun — meinetwegen.

Oberförster. Das wäre also richtig. Jetzt tummle dich. Und du, Riekchen — da sind die Schlüssel — geh heute zum ersten Mahle wieder in den Keller und hohle uns einen Trunk.

Friedrike. (mit einiger Freude.) Ach, das sind die Schlüssel, die — ach —

Oberförster. Mädchen, bist du närrisch? Ich glaube gar, du weinst?

Friedrike. Wie ich die Schlüssel wieder sehe, fällt mir so manches dabey ein. Sie gaben sie mir alle Mittage selbst; der Wein, sagten Sie, schmeckte Ihnen nicht, wenn ich ihn nicht gehohlt hätte. Nur wenn sie böse waren, bekam ich sie nicht. Lieber Vater, bester Vater, ich verspreche Ihnen, Sie werden sie mir alle Mittage geben. (geht ab.)

Fünfzehnter Auftritt.

Oberförster. Oberförsterin.

Oberförster. Auf die schwöre ich, die Stadt hat sie mir nicht verdorben.

Oberförstn. Gewiß nicht.

Oberförster. Meinen Huth. (Sie bürstet ihn bedächtig ab.) Er sucht Papiere zusammen, und spricht dabey fort.) Laß ordentlich auftragen. Adieu! ich muß ausreiten, Holz anweisen. — Schlag zehn Uhr bin ich wieder da. Sie soll nur einerley

Wein hergeben — vom besten! Hörst du? nur
einerley! (er geht.) Adieu!

Oberförstn. Alter!

Oberförster. Was ist?

Oberförstn. Bist du noch grämlich? Ja?

Oberförster. Ich weiß nicht. (geht.)

Oberförstn. Du sollst nicht fort, bis du
gut bist. Man muß nicht im Groll scheiden. Es
ist gar bald um einen Menschen gethan.

Oberförster. Mit deinem einfältigen Groll!
Auf den Amtmann habe ich Groll. Adieu. (er
schüttelt ihr die Hand.) Plaudertasche (geht ab.)

Oberförstn. Gehabt dich wohl, Alter. (im
nachgehn.) Vergiß nicht zehn Uhr — Schlag zehn
Uhr. —

Zweyter Aufzug.

Erster Auftritt.

Ein Jäger wischt die Tische ab. Dazu kommt die Oberförsterin. Sie hat eine große Serviette vorgesteckt.

Oberförstn. Euer Abkehren mag auch wenig
werth seyn, mein guter Freund! da sieht es noch
bunt aus. Geht geschwind in die große Stube,
heizt dort; man friert sonst, daß es nicht aus-
zuhalten ist. (der Bursche geht.) Hört — nun so
lauft doch nicht immer fort — wartet, bis man

ausgeredet hat. Die Stühle wohl abgekehrt —
die Fenster auch — daß kein Stäubchen wo zu
finden ist! — ich verlasse mich darauf. (Der Bursche geht. Sie setzt sich) Liegt doch auch Alles auf
mir! — Das ist eine Last! Ich bin recht froh,
daß das Mädchen endlich einmahl wieder gekommen ist.

Zweyter Auftritt.

Oberförsterin. Kordelchen von Zeck.

Kordelchen. (die mit einer Fächernllanze und
einem famillären Kopfnicken grüßt.) Guten Morgen,
Frau Oberförsterin.

Oberförstn. (mit einer altmodisch ehrerbietigen
Verbeugung) Meine wertheste Mademoisell — —
ich — ich schäme mich wahrhaftig, daß ich noch
nicht recht angezogen bin.

Kordelchen. Lassen Sie's gut seyn. Sie
wissen, ich bin nicht von Zeremonien und selbst
noch nicht angekleidet. — Wo ist denn Monsieur
Anton?

Oberförstn. Denn hat mir der Alte wieder
fortgeschickt.

Kordelchen. Apropos — Ich muß Ihnen
doch sagen, wenn die Mariage zu Stande kommt,
so will mein Vater, durch eine sichre Konnexion
in der Stadt, Ihrem Anton einen der ersten
Dienste im Jagddepartement verschaffen.

Oberförstn. Meinem Anton? Was Sie
sagen!

Kordelchen. Nur muß Ihr Mann meinen
Vater in seinem Geschäfte machen laffen und ihm
nicht immer widersprechen. Sorgen Sie hübsch
dafür, Mama — hören Sie?

Oberförstn. Ja, liebes Mamsellchen, dabey kann ich nichts thun. Mein Kommando geht
nicht weiter, als von der Küche in den Kraut-
garten. Wenn ich manchmahl so in andre Sachen
rede — so sieht er sich nur um! dann weiß ich
gleich, was die Glocke geschlagen hat. Ey, glauben Sie denn, daß ich nur für meine Küche
Wildpret haben könnte, wenn ich wollte? Nichts
— es thäte oft Noth, ich kaufte welches.

Kordelchen. Der Mann thut sich mit seinem
rauhen Wesen vielen Schaden — großen Schaden!

Oberförstn. (besorgt.) Ich weiß wohl, aber —
Kind! ich darf nur nicht sprechen. Mein Alter
ist gar zu wunderlich.

Kordelchen Der Krug geht so lange zu
Wasser, bis er bricht — Wahrlich — es könnte
ihm einmahl übel bekommen.

Oberförstn. Das sollte ich denn doch nicht
meinen. Alle Welt hat ihn lieb. In allen rechten
Dingen ist er Niemanden hinderlich, läßt sich
auch sauer werden bey seiner Arbeit; das werden
der Herr Amtmann wohl selbst wissen.

Kordelchen. Manchmahl aber —

Oberförstn. Nun, man muß Geduld haben.
Zeit und Stunde ist bey dem Menschen nicht gleich;
wir wollen ja alle auch alt werden! Wenn Sie
so was sehen, Kind, so reden Sie doch zum Besten. Ich thue das auch, so viel ich kann —

schütte Wasser ins Feuer, wo ich es sehe. Es ist besser, denke ich, er brummt sich bey mir aus, als bey andern — Ach — wenn ich ihn nur noch lange brummen höre!

Kordelchen. Diesen Abend ist Ball bey uns — ich freye mich recht darauf. Ich habe Lust zu tanzen. Ich bin heute recht dazu aufgelegt. — Daß Herr Anton uns nur nicht wieder so früh wegschleicht. Was giebt es denn sonst Neues?

Oberförstn. Neues? Apropos — meine Nichte ist heute aus der Stadt zurück gekommen —

Kordelchen. Heute? Ist denn heute der sechste?

Oberförstn. Freylich. Heute hat sie ja kommen sollen. Sie ist Gottlob! frisch und gesund.

Kordelchen. Das freuet mich — ich bin ihr recht gut. (sie geht ans Fenster.) Es ist recht schlechtes Wetter. Der Herr Förster werden schlechte Jagd haben. Es ist so neblig, daß man kaum die Hand vor den Augen sieht.

Oberförstn. Das sagte ich auch; aber wie der Alte nun ist — Anton mußte mit Tagesanbruch fort.

Kordelchen. Ist sie hübsch?

Oberförstn. Friedrikchen?

Kordelchen. Ja.

Oberförstn. Hübsch? Ja, hübsch will gar viel sagen — aber sie ist ein artiges Mädchen.

Kordelchen. Es ist mir sehr lieb, daß sie wieder hier ist. — Sie hat in der Stadt singen gelernt?

Oberförstn. Das weiß ich wirklich nicht.

Kordelchen. Sie singt, ich weiß es gewiß, ganz gewiß. Fräulein von Rechennauer hat mir davon geschrieben.

Oberförstn. So muß sie es für sich gelernt haben; wir haben nichts dafür bezahlt.

Kordelchen. Aber ihr Klavierspielen soll besser, viel besser seyn, als ihr Gesang.

Oberförstn Noch besser? Was Sie sagen! O erzählen Sie mir doch noch mehr — ich höre gar zu gern Gutes von dem Mädchen.

Kordelchen. Was ist denn aus ihrer Figur geworden? Sie war ein kleines Ding, als sie nach der Stadt geschickt wurde. Ist sie gewachsen?

Oberförstn. Denken Sie nur — einen ganzen Kopf beynahe.

Kordelchen. Nun nun — warum nicht —

Oberförstn. Sie werden sehen.

Kordelchen. O ich glaube es gern. Was ich sagen wollte — — — sie kann ja diesen Abend auf unsern Ball geschickt werden; denn vermuthlich wird sie auch wohl tanzen?

Oberförstn. (freudig.) O ja — scharmant tanzt sie — Madam Schmidt hat es gesagt — scharmant!

Kordelcheu. Für ein Mädchen von solchem Stande ist sie doch fast zu vornehm erzogen.

Oberförstn. Sie verlor ihre armen Altern früh. Ich bin Pathe zu ihr. Von Kindesbeinen an war sie gelehrig und brav; mein Mann hatte dran so seine Freude an ihr — darum haben wir gethan, was wir konnten, ohne uns weh zu

thun. Sie ist übrigens bescheiden und gut — und
wir wollen auch nicht etwa hoch mit ihr hinaus.

Korbelchen. (gleichsam zutraulich.) Das ist
auch das Allerbeste. Daher riethe ich auch —
doch ohne Ihnen vorzugreifen — sie ließe die
Stadtkünste hier weg. Solche Dinge gehören in
keine Landhaushaltung. Tanzen? Je nun —
Sonntags wohl, aber sonst wahrhaftig nicht.
Das Singen sollten Sie ihr als unanständig verbiethen —

Oberförstn. Ey, das Haus ist groß — die
Kehle ist ihr. Wird es mir zu viel — so ziehe
ich die Stubenthür zu. Meine Buchfinken schreyen
den ganzen Tag, daß ich mein eignes Wort nicht
höre; ich verbiethe es ihnen doch nicht. Bey mir
müssen Menschen und Vieh lustig seyn: sonst sind
sie krank, oder haben ein böses Gewissen.

Korbelchen. Nur alles mit Maß.

Oberförstn. Ja, das versteht sich.

Korbelchen. Solche Mädchen werden oft in
der Stadt verdorben, und machen nachher sich
und ihre Männer auf immer unglücklich!

Oberförstn. Man hat der Exempel, o ja.

Korbelchen. Wenn unter uns alles richtig
ist — ich glaube, mein Vater schaffte dem Ratthes einen guten Dienst — das wäre keine unebne
Partie für Friedriken.

Oberförstn. Ey, wo denken Sie hin? Nein.
Behüte uns in Gnaden! Ratthes war sein Lebe-
lang ein schlechter Kerl.

Korbelchen. Bedenken Sie, was Sie sagen! Er trägt jetzt unsre Livree!

Oberfbrſtn. Kind — Hübſch kann einen ein Rock wohl machen; aber ehrlich nicht.

Dritter Auftritt.

Vorige. Friedrike.

Friedrike. (mit einem tiefen Knix) Mademoiſell — Sie ſind mir zuvor gekommen; ich würde noch heute die Ehre gehabt haben, Ihnen aufzuwarten.

Kordelchen. (kurz.) Jungfer Friedrike — es iſt mir lieb, Sie wohl zu ſehen.

Oberfbrſtn. Ich will doch derweile einmahl nach meiner Küche ſehen. (geht ab.)

Kordelchen. Sie hat uns wohl viele neue Moden mitgebracht?

Friedrike. Wenig oder gar nichts.

Kordelchen. Sie hat doch das Haubenſtecken in der Stadt gelernt?

Friedrike. Ja.

Kordelchen. Nicht wahr? Sie hat bey der la Breuze gelernt?

Friedrike. Ja.

Kordelchen. Ich will Ihr einige alte Hauben zum Waſchen ſchicken, wenn Sie die mit Gout wieder arrangiert; ſo ſoll Sie Flor bekommen und Deſſeins von meiner Erfindung, die la Breuze ſelbſt approbieren wird.

Friedrike. Ich zweifle nicht.

Kordelchen. Ich will Sie honett bezahlen;

ich fordre nichts umsonst. Wie ist denn der Schnitt
vom Kleide bey der letzten Puppe aus Lyon?

Friedrike. Ich habe keine gesehen.

Kordelchen Nicht einmahl eine Puppe von
Lyon?

Friedrike. Ich habe keine gesehen.

Kordelchen. Nicht einmahl eine Puppe von
Lyon? Ey bey der Frau von Karsthausen kommen sie ja jährlich zu Dutzenden an; dort hätte
Sie — zwar — dorthin ist sie wohl niemahls
gekommen.

Friedrike Niemahls.

Kordelchen. Ey Kind — Sie ist ja so verlegen — so wortkarg, so geniert — wie unsers
Kirchvorstehers Tochter.

Oberförstn. (kommt wieder.) Ein Glück, daß
ich in die Küche kam. Die hätte mir alles Essen
verbrannt.

Kordelchen. Ich sage eben zu Jungfer Friedriken: man muß Leuten von Distinktion mit
Ehrfurcht begegnen — aber ohne sich wegzuwerfen. Man muß mitreden.

Friedrike. Man schweigt auch manchmahl
aus Überdruß und Langerweile.

Kordelchen. (es verbeissend) Langeweile? Frau
Oberförsterin! davon lassen Sie uns sprechen.

Oberförstn. Hm! bey mir giebt es denn
immer etwas zu thun. Ist es nicht dieß, so ist es
das. Da geht denn die Zeit gar bald hin. So
in den langen Winterabenden wohl. Da liest der
Alte die Zeitung, und schläft richtig allemahl dabey ein. Nun mag ich ihn denn doch nicht we-

cken — da fige ich nun freylich in meinem Sor-
genstuhl und lucke Stunden lang den Goliath auf
unserm großen Ofen an — sonst aber wüßte ich
eben nichts davon zu sagen.

Vierter Auftritt.

Vorige. Anton.

Anton. Riekchen! Ach Riekchen, mein Riekchen! bist du da? Gott sey Dank!

Friedrike. Anton, lieber Anton!

(Beyde umarmen sich.)

Korbelchen. (geht umher und rauscht so heftig
mit dem Fächer, daß er davon zerreißt.)

Oberförstn. Anton! — i Anton! Was
ist das für Lebensart?

Anton. (ohne darauf zu hören.) Ach Riekchen,
Mädchen — ich bin so erschrocken — ich kann —
ich kann nicht sprechen. Ich glaubte diesen Mittag — aber du bist die Nacht gefahren und das
freuet mich so. — so!

Oberförstn. Junge bist du närrisch? Komm
doch zu dir! — Anton, hast du denn einen
Trunk über den Durst gethan? Siehst du nicht
hier, Mamsell Korbelchen?

Anton. (sieht sich um.) Gehorsamer Diener.
(setzt sich wieder in Fassung, wozu Friedrike ihm schon
vorher leise ein Zeichen gab.)

Korbelchen. Ergebne Dienerin!

Oberförstn. Dein Vater hat doch wahrhaf-

tig Recht; je älter du wirst, desto läppischer
wirst du auch. Nimms nur nicht übel, Riekchen!

Friedrike. O gar nicht.

Kordelchen. Das glaube ich.

Oberförstn. (halb laut.) Du unmannierli-
cher Gast, mach deine Grobheit wieder gut. —
geh hin, und sprich ordentlich mit ihr. Die Kin-
derzeit ist vorbey. Sie hat Lebensart in der
Stadt gelernt. Sey hübsch höflich — daß unser
einer nicht mit Schanden besteht.

Anton. Jungfer Muhme, wie befinden Sie
sich? —

Friedrike. Recht wohl, Herr Vetter.

Kordelchen. Ich habe entsetzliche Kopf-
schmerzen, Mama. Gute Jagd gemacht, Herr
Förster?

(Pause.)

Anton (sieht auf Friedriken, und hört nicht.)

Oberförstn. (zu Kordelchen) Der Junge hört
und sieht nicht. Er muß zu jäh aus der Kälte
in die Hitze gekommen seyn. Anton!

Anton. Was ists, liebe Mutter?

Oberförstn. Mamsell haben dich gefragt,
was du geschossen hast?

Anton (sich schnell zu ihr wendend) Eine wil-
de Katze.

Kordelchen. In der That — ich befinde
mich gar nicht zum besten!

Oberförstn. Es wird hier zu heiß seyn;
das Volk legt immer einen Wald in den Ofen.
Ich will die Thür aufmachen. (Sie reißt die Flügel auf.)

Kordelchen. Gott! Nun sieht es ja, daß man kontralt werden könnte. Es wird mir immer schlimmer. Herr Förster, geben Sie mir Ihren Arm — ich will versuchen nach Hause zu kommen.

Anton. Das ist zum Gehen zu weit — viel zu weit.

Oberförstin. J, das arme Kind!

Anton. Ich schicke hin, und lasse Ihre Kutsche bestellen. Rudolph! he! Rudolph!

Kordelchen (verdrießlich.) Lassen Sie nur —

Anton. Nein, der Weg ist wahrhaftig zu weit. (geht nach der Thüre.)

Oberförstin. Wenn ich doch nur helfen könnte!

Anton. Rudolph, Rudolph! (Rudolph kommt) Rudolph, lauf — lauf wie ein Blitz aufs Amt. Die Mamsell wäre noch nicht fort — wollte fort!

Kordelchen (stampft mit dem Fuße.) Es ist nicht nöthig, sag ich Ihnen.

Anton. Sie wäre krank, die Kutsche sollte kommen.

Rudolph. Ganz wohl.

Anton. Gleich kommen; gleich den Augenblick kommen.

Rudolph (im Abgehen, schon halb draußen, laut.) Will schon treiben.

Kordelchen (fuß wüthend.) Mein Gott, Sie werden das ganze Amt in Aufruhr bringen!

Anton. Aber auch so eine plötzliche Krankheit! —

Kordelchen (halbheulend.) Ich bin nicht krank.

D

Wer sagt denn, daß ich **krank** bin? Ich war nur unpaß. In die frische Luft wollte ich, die frische Luft hätte mir am besten gethan. Ich kenne mich.

Anton. Liebe Mutter, Sie sollten doch der Mamsell von Ihrem Melissengeist geben.

Korbelchen. Mein Gott, den kann ich nicht riechen.

Oberförstn. Melissengeist? Ja, so wahr ich lebe, Anton, das ist ein kluger Einfall, ein scharmanter Einfall. Kommen Sie — erst nehmen Sie von dem Melissengeist, und dann führe ich Sie in unser Gärtchen an die frische Luft.

Korbelchen. Ums Himmels willen! — ich kann die starken Sachen nicht vertragen.

Oberförstn. Ja mein gutes Kind! stark oder schwach, darnach wird bey der Medizin nicht gefragt. O mit dem Melissengeist habe ich viele Leute kuriert. Unsre Magd, Kathrine —

Korbelchen. Ich ersticke vor Wuth!

Oberförstn. Sie werden wieder schwach? Kommen Sie heraus — Kommen Sie. (indem sie mit höflicher Gewalt sie fortschleppt.) Kathrine — Kathrine — Kathrine — he! Melissengeist, geschwind Melissengeist! — Wie gehts, Kind, wie gehts?
(Ab mit Korbelchen.)

Fünfter Auftritt.

Friederike. Anton.

Anton. Gott Lob, daß sie fort ist!

Friedrike. Du bist etwas rauh mit ihr gewesen.

Anton. Ich hätte es keine Minute länger mit ihr ausgehalten.

Friedrike. Sie hat mir viel Sorgen um dich gemacht.

Anton. Rielchen! (bedauernd) und mir ihr Bruder um dich. Er hat dir wieder geschrieben.

Friedrike. Woher weißt du das?

Anton. Durch Matthes, der seit heute dort dient.

Friedrike. Dient er dort? Nun ist mir es begreiflich, warum mich der Mensch immer mit Briefen und Geschenken von dort her ängstete. Ich nahm keines — aber den letzten Brief hielt er mir offen vors Gesicht. Dich wollte ich schonen — ich kenne deinen Argwohn — also gab ich gar keine Antwort, und reiste die Nacht durch, um ihm nicht zu begegnen.

Anton. Das dachte ich gleich, wie ich dich so früh fand. Habe Dank. Also Herr Matthes hat dir die Briefe gebracht?

Friedrike. Der Mensch hat mir manche böse Stunde gemacht mit Nachrichten von dir. Gott vergebe es ihm!

Anton. Was hat er dir denn von mir gesagt?

Friedrike. Hm! — Es kann nicht seyn. Du liebst mich — alles ist vorbey, und ich bin herzlich zufrieden, da ich wieder bey dir bin.

Anton. Wenn ich den Kerl treffe, so ist er unglücklich!

Friedrike. Nicht doch. Laß ihn laufen. Ach

ich bin ohnehin so unruhig — er hat überall in
der Stadt schreckliche Drohungen gegen dich aus-
gestoßen! Geh ihm aus dem Wege — geh nicht
allein — ich bitte dich.

Anton. Was könnte es denn geben?

Friedrike. Ich bin so angst — ich weiß,
der Kerl ist zu jedem Bubenstück fähig Der alte
Fritz, den er vom Amte weggelegen hat, war
vorhin bey mir, und winselte schrecklich. Ich gab
ihm ein Almosen — Er sagte, ich sollte dich ja
vor dem bösen Matthes warnen.

Anton. Nun — laß Matthes Matthes seyn,
und laß uns von unsrer Liebe sprechen.

Friedrike Nein, Anton — nicht eher, als
bis du mir versprichst, daß du keine Händel mit
ihm anfangen willst. Versprichst du mirs?

Anton. Nun ja.

Friedrike. Nicht so. Fest, gewiß — ernst-
lich und —

Anton. Auf mein Wort! Ich will ruhig
seyn. Ey Mädchen, mein Leben ist mir zwanzig
Mahl lieber, als sonst, da du es so lieb hast.

Friedrike. Wirst du mich immer lieben?

Anton. Wahrhaftig!

Friedrike. Ich weiß nicht, wie es zugeht,
sonst war mir leichter zu Muthe; aber jetzt bin
ich manchmal so traurig, daß ichs nicht genug
sagen kann — dann fallen mir Dinge ein! Dinge! O es wäre hart, wenn etwas davon wahr
werden sollte!

Anton. Was ist es? sag es mir. Wenn du
mir gut bist, so sagst du es.

Friedrike. Es ist Nichts, wirst du sagen; aber mich quält es gewaltig. Ich habe dich nun so herzlich lieb — ich denke auf Nichts, als wie ich dich so glücklich machen soll, als ich armes Mädchen kann. Ich habe deßwegen manches in der Stadt gelernt, um dir nicht langweilig zu seyn — — Ich weiß — das ist es nicht, was ich sagen sollte — aber es gehört doch dazu — und dann —

Anton. Du weinst? ist es denn so traurig, was noch nachkommt? Weine nicht. — Wenn du weinest, so thut mir es in der Seele weh! Nun sprich — —

Friedrike. Anton — deine Ältern sind dreyßig Jahre verheurathet, und leben heute noch so glücklich, als am ersten Tage ihrer Heurath. So oft ich sie ansehe, denke ich, ob wir wohl auch so glücklich — und so lange glücklich seyn werden? Anton — mein ganzes Leben ist in dir. Wäre es möglich, daß du einmal mich weniger liebtest, als heute? — Wenn ich Ältern hätte, sie würden dich an meiner Stelle fragen. Nun bin ich eine Waise, und mein Leben ist in deiner Hand. Wäre es möglich — so laß uns gleich abbrechen. Es wird mir das Leben kosten, das weiß ich; aber ich sterbe doch sanfter, als wenn — — (Sie bedeckt sich das Gesicht. Anton umfaßt sie mit einem Arm.) Ich Anton!

Anton. Riekchen — Riekchen, sieh mich an! (Sie sieht ihn innig an, er legt ihre Hand auf sein Herz.) Gott weiß, es ist kein Falsch in mir.

Friedrike. Haſt du dich geprüft, ob es wirklich Liebe iſt, was — —

Anton. Ich habe mich nicht geprüft. Das iſt nicht nöthig. Als du nicht hier warſt, da war mir Nichts lieb, immer war ich verdrieß⸗ lich. Nun du wieder hier biſt, gefällt mir wie⸗ der Alles, iſt mirs überall wohl. Das macht, weil ich dich liebe. Warum ſollte ſich das aber ändern? Sieh — ich könnte dir ja theure Eide ſchwören, aber ich glaube, dir wäre dabey nicht beſſer. Einem ehrlichen Mann iſt ſein Wort hei⸗ lig. Ein Mann, der einem Weibe ſein Wort bricht, iſt doppelt ſchändlich!

Friedrike. Anton! — So — ſo höre ich dich gern.

Anton. Dazu ſind wir auf dem Lande, und können eine gottloſe Ehe nicht mit der Mode ver⸗ bergen. Nein — ich habe wenig, vornehm bin ich nicht, es kann auch ſeyn, daß ich das Pul⸗ ver nicht erfände — aber ſo viel geſunden Sinn, als man fürs Haus braucht, traue ich mir zu — und das hier — (auf das Herz zeigend.) da gebe ich keinem Menſchen auf der Welt etwas nach! So ſtehts. Nun frage ich dich ordentlich — Riekchen, willſt du mich heurathen?

Friedrike. Deine Altern —

Anton. Die wollen wir heute noch fragen. Nun, und du?

Friedrike (mit zärtlichem Blick auf ihn, und mit dem Erröthen eines guten unfaſſonnirten Mädchens.) Frag deine Altern!

Anton. Dank — Riekchen. Mein künftiges

Weib, der ich treu bin bis in den Tod! Dank, tausend Dank!

Friedrike. Aber lieber Anton, du mußt nun auch gut werden. Du bist so wild. —

Anton. Ich wild? — bewahre Gott! Da haben sie dir was weiß gemacht.

Friedrike. Wenn ich nur an deine Briefe denke! stand doch fast in jedem: — wenn das nicht geschieht, so gehe ich fort und werde Soldat. Wenn du mir das nach zwey Jahren einmahl sagtest!

Anton. O ja — so bald du mir untreu wirst.

Friedrike. Und dann mußt du auch nicht so auffahren. Man lebt dabey in tausend Ängsten. Die Jäger sind ohnehin ein wildes ungestümes Volk. —

Anton. Riekchen, halt die Jäger in Ehren, sonst kommst du nicht gut weg.

Friedrike. Was kann man von Euren Geschäften erwarten? da stürmt Ihr hinaus alle Tage, quält und mordet das arme Vieh.

Anton. Gelt, das hat dir ein Stadtpatron gesagt. So ein Kerl, der den ganzen Tag hinter dem Ofen hockt, mit hauts gouts und Liqueurs das Blut verbrennt und aus verschrupftem Herzen mit dem Gänsekiel die Menschen quält? Nein. Ganz anders ist das bey uns. Ein ehrlicher Kerl quält kein lebendiges Wesen. Alle Tage gehen wir hinaus, leben in frischer Luft. Das giebt frisches Blut und ein gesundes Herz! Wenn ich dann so Abends nach Hause komme, fröhlich und guter Dinge, und bringe dir einen Braten

in deine Küche, und fordre einen Kuß — wirst
du mir ihn verweigern?

Friedrike. Ich küsse keinen Mörder.

Sechster Auftritt.

Vorige. Pastor Seebach.

Pastor. Guten Morgen, Kinder, Kinder.

Friedrike. (läuft ihm entgegen und küßt ihm die
Hand.)

Anton. Guten Morgen, lieber Herr Pastor.

Pastor. Herzlich wieder willkommen bey uns,
liebe Tochter!

Friedrike. Wie Sie in Ihren Jahren doch
noch so wohl aussehen!

Pastor. Ja? meinen Sie?

Friedrike. So recht heiter.

Pastor. Je nun — Gott Lob! Sorgen habe
ich nicht — überdem bin ich gern an dem Orte —

Anton. Jedermann liebt Sie, wie einen
Vater —

Pastor. Nun so muß ich ja wohl froh und
gesund seyn. Der Herr Oberförster —

Anton. Er ist ausgeritten, Holz anzuweisen.

Pastor. Mein Besuch gilt ihm nicht. Ich
bin eigentlich gekommen, Friedriken zu sehen.
Liebe Tochter, wir haben die guten Nachrichten
von Ihnen allemahl zusammen gelesen, und es
freuet mich recht, daß Sie so gut geworden sind.

Friedrike. Würdiger Mann — Sie nehmen
noch so vielen Antheil an mir — ungeachtet —

Paſtor. Ungeachtet? Kind — errathe ich, was Sie ſagen wollten — ſo haben Sie mich betrübt.

Friedrike. Wie ſo?

Paſtor. Ungeachtet wir verſchiedner Religion ſind; nicht wahr, das wollten Sie ſagen?

Friedrike. Dann müßte ich Sie nicht ken-nen, wenn ich es auch nur gedacht hätte. Un-geachtet meiner langen Entfernung, wollte ich ſagen.

Paſtor. Ich halte mich für den beſondern Freund eines jeden aus dieſem Orte; der Kum-mer und die Freude eines jeden gehen mich nahe mit an. Was thut Entfernung zur Sache! Wo mein Rath, meine Hülfe nicht hinreichen, hören doch meine guten Wünſche nicht auf.

Anton. Das iſt gewiß, das weiß ich. Aber den Dank, den Sie dafür verdienen —

Paſtor. Wollte ich meine Pflicht bloß auf die Zeit meines unmittelbaren Unterrichts, meine Liebe allein auf meine Gemeinde einſchränken — O Kind — ſo wäre ich ein armer Mann — mit einem engen, engen Herzen.

Anton. Ja, Sie nehmen Antheil an uns — wir erkennen es. Es iſt Niemand unter uns, deſſen Herz Ihnen nicht offen ſtände, der Sie nicht wie einen Vater liebte! Ach, ich bin nicht der Letzte unter dieſen, Sie wiſſen es.

Paſtor. Ja, mein Sohn.

Anton. Ich hatte ein Geheimniß vor Ihnen — aber jetzt will ich mich Ihnen anvertrauen. Es iſt die wichtigſte Angelegenheit meines Lebens

— Sie werden mir helfen. Ich liebe Friedriken, sie liebt mich. Meine Ältern sind gut; aber sie könnten dagegen seyn, andre Absichten haben — und ich kann, ich kann keine andere lieben; und Riekchen niemanden, als mich — sie hat es gesagt. Wir wären Beyde unglücklich! Sprechen Sie für uns — sagen Sie ihnen das, und machen Sie ein glückliches Paar!

Pastor. Ihr liebt Euch?

Anton. Ja.

Pastor. Und Sie, liebes Kind?

Friedrike. Ich vereinige meine Bitten mit den seinigen.

Pastor. Sollte aber das Zutrauen des Sohnes nicht zuerst den Ältern gebühren?

Anton. Nun, ich habe ja dieses Zutrauen auch.

Pastor. Ist das gut, wenn der Vater in dem wichtigsten Vorfall des Lebens die Wünsche und den Gehorsam des Sohnes durch einen Fremden erfährt?

Anton. (mit Wärme.) Ist es denn ein Fremder, den ich darum bitte?

(Man hört Geräusch.)

Pastor. Nun ich will davon sprechen — so bald ich Ihren Vater sehe — heute noch.

Anton. Das ist mein Vater — ich kenne ihn am Gange. Reden Sie jetzt mit ihm. Ob du da bleibst? Nein — geh mit — Komm! Oder — doch ja, geh mit. (geht ein Paar Schritte.) Nun, vergessen Sie es nicht — ich kann nicht leben ohne das Mädchen. Sehen Sie, die Thränen

kommen mir aus den Augen — es ist wahrhaftig wahr. Komm, Rickchen. (geht ab mit Friedriken.)

Pastor. Guter, ehrlicher Anton!

Siebenter Auftritt.

Pastor. Oberförster.

Oberförster. (von außen.) Nur gleich besorgt!
(im Kommen.) Ich will denn schon weiter sorgen,
wie — Ey, sieh da! Willkommen Herr Pastor!
Sie haben gewiß das Mädchen besucht?

Pastor. Ja. Freude, innige Freude habe ich
an Ihrer guten Bildung.

Oberförster. Nicht wahr? Ja das Mäd-
chen ist brav! (er packt seine Pfeife, Tobacksbeutel
und Papiere aus.) Nun meine Frau wird Ihnen ja
wohl gesagt haben — Sie sind unser Gast diesen
Mittag.

Pastor. Noch hat sie mich nicht gesehen. Ich
danke indeß für die Einladung.

Oberförster. Also Sie kommen?

Pastor. Ja.

Oberförster. Brav, brav so! Wir wollen
recht vergnügt seyn, denke ich.

Pastor. Es ist mir lieb, Sie bey so guter
Laune zu finden. Ich habe denn wieder so dieses
und jenes Anliegen an Sie.

Oberförster. An mich? Wie — warum —
wie? —

Pastor. Sie sollten es doch schon gewohnt

seyn, daß ich immer für jemanden bettle, wenn ich komme —

Oberförster. Nun was ist es? — Was ich helfen kann —

Pastor. Der alte Fritz, der schon bey dem vorigen Amtmann — — der schon dreyßig Jahre auf dem Amte ist, hat gestern seinen Abschied bekommen.

Oberförster. Das ist schlecht vom Amtmann. Einen Hund schaffe ich nicht ab, wenn er auch noch so alt ist, wenn er auch kein Glied mehr rühren kann; und der Amtmann — Pfui!

Pastor. Was mir dabey sehr leid thut: man ist von allem Ihrem Gesinde des Guten so gewohnt, und Ihr Matthes hat durch boshafte, tückische Streiche den Mann vom Amte weggebracht.

Oberförster. Nun der Matthes entläuft seinem Galgen nicht. Da hat es —

Pastor. Der arme alte Mann hat die Kranke Frau — die vielen Kinder! Es ist denn doch ein schreckliches Schicksal. — In seiner Jugend — Husar, fast zum Krüppel gehauen und keine Pension — auf seine alten Tage auch aus dem Dienste noch verabschiedet! Er soll wie verzweifelnd im Orte herumgehen.

Oberförster. Armer, armer Teufel!

Pastor. Wenn man ihn nur erst den Winter durchbrächte. — Ich habe darum eine kleine Collecte veranstaltet —

Oberförster. Das lohne Ihnen Gott! Ich will denn das Meinige auch dazu geben. — Hm

— Wer bald giebt, giebt doppelt. Das hier —
habe ich Rieschen geben wollen, dort wäre es
auch gut gewesen; aber hier thut es Noth! Da. —

Pastor (oben es einzustecken.) Das ist viel.

Oberförster. Der Winter ist hart.

Pastor. Es ist wirklich viel. Lieber weniger
Geld und etwas Holz.

Oberförster. Das Holz gehört dem Fürsten; das Geld ist mein. — Nun — was giebt
es denn sonst Neues?

Pastor. Neues? Je nun — noch eine Bittschrift an Sie.

Oberförster. Bittschrift?

Pastor. Mündliche Vorstellung durch mich.

Oberförster. Von wem?

Pastor. Von Ihrem Sohn.

Oberförster. Was will er?

Pastor. Heurathen. —

Oberförster. Hoho!

Pastor. Ein Mädchen, das er herzlich liebt,
und die ihn wieder liebt.

Oberförster. Herr Pfarrer — wen er will
— wer er sey — nur Mamsell Kordelchen vom
Amte nicht. Wenn es die ist — so —

Pastor. Nein — es ist Rieschen.

Oberförster. Ja? wahrhaftig? Es ist nicht
möglich! Hat der Junge das Mädchen lieb? Und
sie —

Pastor. Sie ihn nicht minder.

Oberförster. Topp! die soll er haben —
nur versieht sich — noch nicht. Aber die soll er
haben. Ey — wenn hat er Ihnen denn das gesa

Paſtor. Vor wenig Minuten.

Oberförſter. Da wollen wir ihn gleich rufen. (thut ein paar Schritt.) Zwar nein, das geht nicht ſo. — Hollaho! da hätte ich was Schönes angeſtellt!

Paſtor. Wie ſo?

Oberförſter. Ey — ha ha ha, ich muß doch meine Hausehre mit in den Rath ziehen.

Paſtor. Ja wohl, ja wohl.

Oberförſter. Heda — Rudolph! — he!

Rudolph. Herr Oberförſter!

Oberförſter. Meine Frau ſoll kommen. (Rudolph ab.)
Ja wenn wir das vergeſſen hätten, Herr Pfarrer — der offenbare Krieg wäre angegangen Und beym Licht beſehen — gilt ja ihr Wort dabey ſo viel, als meines.

Paſtor. Richtig.

Oberförſter. Über den Blitzjungen! Nun das iſt noch der geſcheideſte Streich, den er in ſeinem Leben gemacht hat. — Dafür hat er Kredit bey mir.

Paſtor. Anton iſt gut.

Oberförſter. Aber wild — wild wie der Teufel. Zwey runde Jahre muß es mit der Heurath doch noch anſtehen, wenn es gut gehen ſoll.

Paſtor. Dazu rathe ich nicht, denn —

Achter Auftritt.

Vorige. Oberförſterin.

Oberförſtn. Was giebts? doch keinen Scha-

den, kein Unglück? Dienerin von Ihnen Eben
habe ich hingeschickt, habe mir die Ehre ausbit-
ten lassen, auf dieß —

Oberförster. Bestellt und angenommen.

Oberförstn. Danke vielmals. Nun was soll
ich — warum bin ich gerufen?

Oberförster. Du kannst dir was zu Gute
thun: du bist gerufen, um Rath zu geben —
das ist dir denn doch lange nicht begegnet.

Oberförstn. (schlägt die Hände faltend zusammen)
Nun wahrlich, dann muß guter Rath theuer seyn.

Oberförster. Richtig. Darum suchen wir
ihn wohlfeiler.

Oberförstn. Nur geschwind, denn ich muß
in meine Küche — was solls geben?

Oberförster. Sieh, du bist eine kluge Frau,
aber mit Antonen — hast du dich gewaltig verrechnet. —

Oberförstn. Verrechnet? — Mit Antonen? Wie so? Worin? Wenn ich mich in dem
irre: so sind alle Menschen falsch.

Pastor. Der Irrthum entsteht oft durch unser Verschulden.

Oberförstn. Nein — für meinen Anton
stehe ich; der denkt nichts, was ich nicht wüßte.
Für den stehe ich.

Pastor. Man kann für Niemand stehen und —
(Er lächelt.) in gewissen Fällen gar nicht.

Oberförster. Lassen Sie mich. Ich hab' es
so in der Art, ihr Fragartikel aufzusetzen. Die
beantworte sie scharmant. Am Ende sind wir immer Beyde einig. — „Nicht wahr — wenn

Anton ein Mädchen liebte; so müßteſt Du es
gemerkt haben?‟

Oberförſtn. Richtig. Das behaupte ich.

Oberförſter. Nun — das behaupte ich auch.
„Wenn er heurathen wollte: ſo müßte er es dir
am erſten ſagen —

Oberförſtn. Dabey bleibe ich noch.

Oberförſter. Gut. „Er wird dir es auch
am erſten ſagen?‟

Oberförſtn. O das — das behaupte ich.

Oberförſter. Das behaupte ich nicht! Der
Junge ſoll heurathen; das will er auch. So weit
iſt die Sache richtig Er ſoll Mamſell Kordelchen
heurathen? die will er nicht — er will eine andre
heurathen. Sieh, da haſt du dich verrechnet,
darum zerreiß dein Exempel — es iſt falſch.
Ha ha ha!

Oberförſtn. — Was? —

Oberförſter. Ja, ja.

Oberförſtn. Anton heurathen! Nun wahrhaftig das muß er klug gemacht haben —

Oberförſter. Weil du es nicht gemerkt haſt?
Ja, der Klügſte kann ſich irren.

Oberförſtn. Nun nun — erlebt man nicht
Dinge! Je — wen denn!

Paſtor. Ihre Friedrike.

Oberförſtn. Was? (Ernſt.) Nein! (Mit
einem Uebergange) Aber nun geht mir erſt ein
Licht auf! Vorhin wie — und da! Aber wo habe ich denn die Augen gehabt? Nein, das iſt zu
toll! So was iſt mir all mein Tage nicht begegnet!

Oberförster. Was denn?

Oberförstn. Denken Sie nur — nein, es ist wirklich zu arg.

Paſtor. Was war es denn?

Oberförstn. Es iſt noch nicht lange her — Mamſell Kordelchen war da. — Kommt der Junge von der Jagd — da ſtand ich; hier wo du ſtehſt, Mamſell Kordelchen; und dort, wo der Herr Paſtor ſteht, ſtand Rielchen.

Oberförster. Und — wo ſtandeſt du?

Oberförstn. Hier —

Oberförster. Nun nur weiter.

Oberförstn. Kommt er von der Jagd — rennt auf das Mädchen zu; grade zu, grade zu. Ich alteriere mich, daß der Junge ſo grob iſt, ſage, er ſoll doch hübſch ſein Kompliment machen und manierlich ſeyn — nun, ſo ſteht er doch leibhaftig da, wie ein Stock! Ja — nun, auf die Art —

Oberförster. Biſt du alſo nun dahinter gekommen? Nun ſag uns deine Meinung von der Sache.

Oberförstn. (Bedenklich) Meine Meinung? (M.t leichtem Achſelzucken.) Ja, — Rielchen iſt ein gutes Kind, ein braves Mädchen, das ich wie meine Tochter liebe, die uns keine Schande machen würde, die —

Oberförster. „aber" — Spann den Hahn nicht ſo lange, ſchieß ab!

Oberförstn. Aber ſie hat denn doch auch gar nichts. — Erſtlich: Man muß bedenken —

Oberförster. Weib! Zähle doch die Glückseligkeit nicht immer nach harten Thalern.

Oberförstn. Aber ohne Geld lebt es sich doch einmal nicht.

Oberförster. Tausend Sapperment!
(er geht umher.)

Pastor. Liebe Frau, in Heirathssachen ist schwer zu rathen. Ich vermelde es sogar, darum befragt zu werden. Aber wenn der Fall so klar ist, wie hier — kann man es ohne Anstand. Wenn Sie daher sonst kein Hinderniß wissen —

Oberförster. Als wir uns heiratheten, waren wir arm — nun, wir sind noch nicht reich — aber wenn uns nun jemand, der harten Thaler wegen hätte von einander jagen wollen? he?

Oberförstn. Das mag alles gut seyn. Aber — ich muß mich über Dich wundern, daß du an Nichts denkst. — Verstehst Du mich?

Oberförster. Nein.

Oberförstn. Wir können diese Heirath vor unserm Gewissen nicht verantworten.

Oberförster. Weßwegen nicht?

Oberförstn. Da Riekchen andrer Religion ist als Anton; so dürfen die Beyden nimmermehr —

Oberförster. O Weib, Du — das hätte ich — Weib! — Herr — jetzt ist die Reihe an Ihnen. (geht ab.)

Neunter Auftritt.

Pastor. Oberförsterin.

Oberförstn. Nein, das geht nicht. Alles

Liebes und Gutes; aber das — nun und nimmer nicht!

Paſtor. Haben Sie keine Einwendung gegen dieſe Heirath, als daß Riekchen nicht unſerer Religion iſt?

Oberförſtn. Nein. Sonſt keine.

Paſtor. Auch keinen Widerwillen, keine Abneigung irgend einer Art?

Oberförſtn. Nein.

Paſtor. So ſind Sie verbunden, dieſe Heirath zuzugeben.

Oberförſtn. Was? das ſagen Sie mir?

Paſtor. Ich. Es iſt Ihre Pflicht.

Oberförſtn. Sie ſind unſer Herr Paſtor, und ſollten ſich dawider ſetzen; Ihre Pflicht fordert —

Paſtor. Meine Pflicht iſt, Glückſeligkeit befördern, Duldung verbreiten — nicht verfolgen.

Oberförſtn. Verfolgen? Ey behüte Gott, das ſage ich nicht, das denke ich nicht einmal. Machen Sie mich doch nicht zu ſo einem gottloſen Weibe! Ich wünſche aller Welt Gutes — ich verfolge ſie ja nicht.

Paſtor. Menſchenglück hindern — iſt das nicht verfolgen?

Oberförſtn. Ach, Herr Paſtor — ich wäre ja recht glücklich, wenn ich es zugeben könnte. Aber mein Gewiſſen — mein Gewiſſen darf ich doch auch nicht verletzen.

Paſtor. Sie glauben, dieſe andre Religion werde Ihren Kindern ein unglückliches Leben machen?

E 2

Oberförstn. Ja, das glaube ich. Das glaube ich und dabey bleibe ich.

Paſtor. Hat Friederike Sie geehrt, geliebt wie eine Mutter?

Oberförstn. Ja, das muß ich bezeugen. — Sie iſt ein dankbares Kind.

Paſtor. Iſt ſie ſanft, gut — wohlthätig?

Oberförstn. O ja. Ja, das iſt ſie.

Paſtor. Iſt ſie aufrichtig — fromm — ſittſam?

Oberförstn. Das iſt ſie wahrhaftig Aber —

Paſtor. Nun, dann beruhigen Sie Ihr Ge- wiſſen Eine Religion, die dieſe Tugenden lehrt, macht auch das Leben nicht unglücklich — Geben Sie die Heirath zu.

Oberförstn. Wenn ich auch wollte — nein, ich kann es wahrhaftig nicht zugeben — ich kann nicht.

Paſtor. Gute Frau — veraltetes Vorurtheil iſt nicht Gewiſſen. Wer Eigenſinn Religion nennt, verſündigt ſich.

Oberförstn. Verſündigen —

Paſtor. Auf Alles, was Älternliebe thun kann, haben Sie ihr einmal Anſpruch gegeben. Sie können Sie jetzt ganz glücklich machen — und wollen es nicht. Bedenken Sie die Folgen. Verbiethen Sie die Heirath, ſo muß Friederike aus dem Hauſe.

Oberförstn. (gerührt.) Wenn es dahin kom- men ſollte — ſo ſoll es ihr doch an nichts fehlen.

Paſtor. An nichts fehlen? — O wir ſind arme Menſchen, wenn man uns das Bedürfniß

unfres Herzens nimmt! Ihr Sohn? — Der junge Mensch ist heftig, — Sie entreissen ihm
ein tugendhaftes Mädchen, das er innig liebt.
Sie sind eine gute Mutter. Wollten Sie alles
das auf Ihr Gewissen nehmen, wozu heftiger
Schmerz den Jüngling verleiten könnte?

Oberförstn. (die Hände ringend.) Ach Gott,
wie quälen Sie mich!

Pastor. Nun, muthig im Guten — Ihr
Herz behalte die Oberhand, da die Vernunft ihm
sagt, daß man Gott nicht ehrt, wenn man Men-
schenglück vernichtet.

Oberförstn. Es thut mir leid — es zerreißt mir das Herz, ich weine vor Angst. Aber
man muß seine Schuldigkeit thun, ohne Menschenfurcht, Herr Pastor — ohne Menschenfurcht.
Sie aber hätte ich für viel zu brav gehalten,
als daß Sie Sich von dem neumodischen Leicht-
sinn hätten hinreissen lassen.

Pastor. Neumodisch? — Menschenliebe ist
so alt, als die Religion. — Nun meine letzte
Vorstellung. Sie sind alt — Ihr Sohn kann
diese Heirath verschieben — wollen Sie ihn zwin-
gen, von dem Tage ihres Todes an sein Glück
zu rechnen?

Oberförstn. Will er so gottlos seyn — Gott
mag es ihm vergeben! — ich kann nicht anders.

Pastor. (mit edlem Eifer.) O Vorurtheil!
stärker als Mutterliebe für den einzigen Sohn,
bist du so Herr über die besseren Menschen?
Was kann man vom Haufen erwarten! Sie lassen mich bekümmert von hier gehen. — Nur

das sage ich Ihnen noch — ehren Sie diese verderbliche Beharrlichkeit nicht mit dem Namen: Religionseifer. Jener ist erhaben und mild; was Sie äußern, ist Groll gegen die Menschen, die — nicht glauben, wie wir glauben. Meiner Vernunft und meinem Herzen bleibt hier nichts übrig, als der Wunsch — Besserung.

(Im Gehen begegnet ihm der Oberförster.)

Zehnter Auftritt.

Vorige. Oberförster.

Oberförster. (gutmütig.) Ist sie zur Vernunft gekommen?

Pastor. Sie wird sich besinnen — ich hoffe es.

Oberförstin. Ich will keine Friedensstörerin seyn — in Gottes Namen — thue was du willst; aber laß mich bey meiner guten Meynung.

Oberförster. Nein. Du sollst was besseres meynen Das ist unchristlich, gottlos — heidnisch!

Pastor. Gelassen, lieber Mann, gelassen!

Oberförster. Nein — dabey bin ich nicht gelassen Wäre ich es, so sollten Sie keinen Schuß Pulver auf mich geben!

Pastor. Ihr weiches Herz wird die Oberhand behalten.

Oberförster. Ihre gesunde Vernunft soll die Oberhand behalten. Duldung ist Religion; die bitte ich nicht von ihr, die fordre ich. Die mehrsten Weiber, die in den Kirchen viel heulen,

sind boshaft ausser der Kirche. Treibst Du mich
so weit, daß ich Dich dafür halte: — sieh —
so lange wir auch zusammen gelebt haben — ich
— scheiden laß ich mich! Jetzt geh hinaus und
besinne dich eines bessern!

Oberförstn. Gott weiß — ich bin nicht boshaft! Ich wünsche aller Welt Gutes; aber ich
kann mich nicht überzeugen, daß das seyn darf.
Warum werde ich nun darüber so gequält? Ach
wer mir das vor einer Stunde gesagt hätte —

Oberförster. Jetzt geh — länger taugen
wir nichts zusammen. Geh fort!

Oberförstn. Ach ich unglückliches Weib!
(geht ab.)

Eilfter Auftritt.

Pastor. Oberförster.

Oberförster. Nun — was sagen Sie? Wie
gefällt Ihnen das?

Pastor. Ich gebe noch nichts auf — und
wenn sie erst die Kinder selbst spricht —

Oberförster. Sie soll sie nicht sehen — sie
soll nicht aus Mitleiden gut seyn; gut; weil
es gut ist; oder ich habe keinen Respekt vor ihr.
Solchen boshaften Unverstand leide ich nicht! —
Wenn ich nur die beyden jungen Leute aus dem
Hause hätte! Ich schäme mich, wenn sie es mer-
ken, denn — —

Zwölfter Auftritt.

Vorige. Anton.

Anton. (freudig) Nun, Vater?

Oberförster. Wer hat dich gerufen?

Anton. O sagen Sie mir nur mit einem Worte.

Oberförster. Geh an deine Arbeit, es ist hier nichts für dich zu thun.

Anton. Nichts zu thun? — Vater! Um Gottes willen.

Oberförster. Geh deiner Wege.

Anton. Die Mutter weint und antwortet nicht. — Nichts zu thun? — O Herr Pastor, Sie —

Pastor. Nur ruhig — es kann vielleicht noch werden.

Anton. Ich unglücklicher Mensch! — o du armes Mädchen!

Oberförster. Geh hin auf das Amt und bitte den Amtmann, die Amtmännin, die Tochter und den Sohn zum Mittagsessen. Dann geh und —

Anton. Vater, das kann ich nicht.

Oberförster. Warum nicht?

Anton. Vater, ich kanns wahrhaftig nicht!

Oberförster. Du gehst gleich hin!

Anton. Alles in der Welt, nur nicht aufs Amt, nur jetzt nicht aufs Amt.

Pastor. Schicken Sie Rudolphen hin.

Oberförster. Er soll hin!

Anton. Mit rothen Augen? Dem Jungen
zum Spott? Nein — und sollte ich niemals wieder ins Haus kommen, und sollte es mein größ-
tes Unglück werden, und sollte mein Leben darauf stehen! Aufs Amt kann ich nicht gehen, und
Rickchen lasse ich nicht — Vater! Ich lasse sie
wahrhaftig nicht!

Oberförster. Junge, laß dich nicht wieder
vor mir sehen.

Anton. Gut, ich wills. Es soll geschehen.
Sie machen mich unglücklich, Rickchen dazu,
verstoßen uns — gut ich gehe — Adieu Vater — ich gehe. (Geht ab.)

Dreyzehnter Auftritt.

Pastor. Oberförster.

Pastor. Bester Mann! Sie waren zu hart.
Oberförster. Ich weiß nicht, was ich thue:
solcher Dinge bin ich nicht gewohnt. Übrigens
mag er aufs Amt gehen — er mag es bleiben
lassen; nur fort soll er. Ich kann es nicht leiden, wenn Kinder die Fehler ihrer Ältern sehen
— und vollends solche Fehler. —

Vierzehnter Auftritt.

Vorige. Friederike.

Friederike. O lieber Vater, was ist das?
Oberförster. Was?

Friederike. Anton kam heraus, küßte mich dreymal, die Thränen stürzten ihm aus den Augen, er riß den Hut von der Wand, und stürzte zum Hause hinaus.

Oberförster. Teufelskind! — Riekchen geh oben hinauf, bis ich dich rufe, und sey ganz ruhig — Hörst du? — ganz ruhig.

Friederike. Aber —

Oberförster. Ganz ruhig. Es wird schon werden. (*Friederike ab.*)

Fünfzehnter Auftritt.

Oberförster: Pastor.

Oberförster. Mir ist wunderlich zu Sinne!

Pastor. Freund! Ich will mit Eifer arbeiten.

Oberförster. Bringen Sie alles wieder ins Gleise. Aber bald — Mir ist bange ums Herz. Das ertrage ich nicht lange — Ich greife durch — da geht mirs denn manchmal zu geschwinde von der Hand. Ich hätte es denn gern so mit Ehre und Frieden — Nun — Sie thun nichts halb — Sie werden es schon machen mit dem Weibe — Ich gehe aus dem Hause.

Pastor. Laß uns den Irrenden sanft zurecht weisen.

Oberförster Adieu.

Pastor. Gott befohlen.

(*Sie gehen von verschiedenen Seiten ab.*)

Dritter Aufzug.

Eine Bauernwirthsstube, im Hintergrunde ein Tisch mit einem Schwenkkessel, Bouteillen, Gläsern ꝛc. An der Seite links ein Kamin auf bäuerische Art, über dem Feuer ein Kessel, worinn die Bauern Kaffe kochen.

Erster Auftritt.

Die Wirthin und Bärbel, ihre Tochter.

Wirthin. Bärbel, Bärbel!

Bärbel. (Von aussen) Ja, Mutter, gleich.

Wirthin. Tummle dich, sage ich.

Bärbel. Da bin ich — was wollt ihr?

Wirthin. Schwenk' die Gläser; sie kommen bald. — Rühr dich!

Bärbel. Nun — wer wird denn kommen, als der alte lahme Gerichtsschreiber?

Wirthin. Nein, die Bauern kommen auch.

Zweyter Auftritt.

Vorige. Gerichtsschreiber.

Gerichtsschr. Guten Tag, Frau Wirthin!

Wirthin. (Kurz) Guten Tag, Herr Gerichtsschreiber.

Gerichtschr. Es iſt mörderlich kalt. Einen Trunk, Jungfer Bärbel.

Wirthin. Was giebts denn heute? He?

Gerichtsſchr. Ich will in Sachen des Kappe kontra Romann erkennen. (Bärbel bringt ein Glas Wein. Er trinkt.) Recht lieblich — in der ſchweren Kälte recht erſprießlich. (reibt die Hände.) In der Kampagne von Anno 45 am Rheine, wo ich bey Dettingen ſo ſchwer am Fuß bleſſirt ward —

Wirthin. Ha ha ha.

Gerichtsſchr. Was lacht Sie?

Wirthin. Der alte Quartiermeiſter von Remrein, war neulich hier bey uns, und — ha ha ha.

Gerichtsſchr. Lebt er noch, der ehrliche Schlag? Kenne ihn genau, iſt mein alter Spezial, habe neben ihm manche Kugel ſauſen hören — ich!

Wirthin. Nun ja — da kamen wir auf Ihn zu ſprechen. „Iſt der Kerl bey euch Gerichtsſchreiber?" ſagte er — „Nun, ſagte er — aber lieber Herr Gerichtsſchreiber, er muß nicht böſe werden, denn ich ſage es in allen Ehren — ja, ſagte er — „das war ein durchtriebener Spitzbube."

Gerichtsſchr. Wie — da? hm brr — hm.

Wirthin. Ein durchtriebner Spitzbube. Da wollte ich ihn verdefendiren und auf ſeine Kampagne kommen — ſo ſagte er — „ Er wäre allemal zuerſt ausgeriſſen." Wie ich nun von der Bleſſur ſprach, wovon er uns alle Abend erzählt; ſagte der Quartiermeiſter — „ Er hätte den

Bauern Hühner stehlen wollen, und wäre er=
wischt. Auf der Flucht wäre er in eine Sense ge=
fallen, davon käme das kurze Bein."

Gerichtsschr. Höre man doch ums Him=
mels willen die Schwänke an! Das will Sie
gehört haben?

Wirthin Ja, ja.

Gerichtsschr. Der Quartiermeister ist —
Apropos ist er noch hier?

Wirthin. Nein, er ist fort.

Gerichtsschr. Der ist recht schlecht. Das
sage ich. Die Blessur habe ich bekommen in der
Bataille bey Dettingen. Wie der Feind auf uns
anrückte; so —

Wirthin. — Stand er auf der Batterie
mit funfzig andern. Da kam der Herzog von
Kumberland auf dem Schimmel geritten. Ihr
Kinder, schrie der Herzog, deckt den Flügel! da
liefen ihrer neun und vierzig fort, aber er blieb
stehen, und so kam eine Kugel, und streifte ihn;
aber er blieb nun noch acht Tage liegen —

Gerichtsschr Alles richtig.

Wirthin. Nun man wirds denn am Ende
doch wissen; er erzählts ja alle Abend.

Gerichtsschr. Nun — also bin ich nicht in
die Sense gefallen.

Wirthin. Und also hat er keine Hühner ge=
stohlen.

Gerichtsschr. Eine Lehre kann ich ihr doch
bey der Gelegenheit geben — Bey Leib und Le=
ben erzähle sie so was Ehrenrühriges nicht, wenn
einer Wein trinkt. Ich bin sonst ein moderater

Mann, aber hierüber habe ich mich gealteriret —
und wenn der Quartiermeister hier wäre — so
könnte ich ihn in der Hitze und durch das Wein-
trinken — ich könnte ihn zu Granatbißchen
bauen. (Trinkt) Kommen heute spät die Bauern.

Wirthin. Was sollen sie denn auch hier thun?

Gerichtsschr. Hm brr hm! Haus und Hof
kaufen.

Wirthin. Und in drey Wochen wieder ver-
kaufen, so fällt es in euern Beutel.

Gerichtsschr. Noch eine Bouteille!

Wirthin. Stehet schon zu viel angeschrieben.

Geschichtschr. Laßt es stehn. Die Gemeinde muß zahlen.

Wirthin. Das ist nicht fein — das werde
ich melden.

Gerichtschr. Frau Wirthin!

Wirthin. Ey was, es ist nicht wahr —
was zu arg ist, ist zu arg. Man muß leben
und leben lassen. Er will die geordinirte Obrig-
keit seyn —

Gerichtschr. Nun ja.

Wirthin. So sollte er es auch hübsch darnach machen. Aber erst beschwatzt und berauscht
er die armen Leute, daß sie ins Tageslicht hinein kaufen. Vier Wochen darnach sitzt er ihnen
auf dem Halse. Nun heißt es: Geld her! Da
wird wieder exequirt, verkauft und genommen,
bis sie fort von Haus und Hof einer nach dem
andern in die neue Welt ziehen.

Gerichtschr. Laß sie ziehen — so giebt
es Platz.

Wirthin. Wenn sie alle nach der neuen Welt gezogen sind, dann kann ich mein weißes Roß zusperren — gelt? Nein bleibet mir zu Liebe weg. Der Gewinn ist Sündengeld, ich mag ihn nicht. Wer weiß, wer weiß, warum mir mein Sohn so plötzlich gestorben, und mein Vieh so gefallen ist.

Gerichtsschr. Hat euch denn der Tischler bezahlt? He?

Wirthin. Der Herr Amtmann, sollte ein Einsehens haben — — aber der — —

Gerichtsschr. Sagt doch, hat euch der Tischler bezahlt?

Wirthin. Nein. Woher auch nehmen? Es giebt keine Arbeit.

Gerichtschr. Ihr sollt euer Geld bald kriegen.

Wirthin. Wovon denn?

Gerichtsschr. Es ist doch jetzt eine ungesunde Zeit — nicht wahr?

Wirthin. Nun ja.

Gerichtsschr. Es sterben viele Menschen?

Wirthin. Ja. Aber — —

Gerichtsschr. Nun seht, wie ich das ausgestudiert habe. Da fallen wir dem Tischler in die Flanke — und legen Arrest auf die Särge, oder Todtenladen —

Wirthin. Was?

Gerichtsschr. Nun und ich weiß ihrer . . . drey, die alle bey ihm arbeiten lassen, für die wird schon in den Kirchen gebetet. Wenn die dran glauben müssen; so seyd Ihr auch bezahlt.

Wirthin. Er will gar gescheidt seyn, aber sein ausgestudirtes Wesen kommt manchmal recht albern heraus. Für unser Dorf wäre es recht gut, wenn er mit dem andern Beine auch nicht gehen könnte. Wenn ihm etwa einmal nach meinen Hühnern gelüstet, ich will ihm die Sense zurecht legen, und nun, Herr Gerichtsschreiber, wenn er noch ein bischen gescheid ist: so kommt er hier nicht wieder her, oder ich packe ihn auf, und setze ihn vor die Thüre. (Geht ab.)

Gerichtsschr. Frau Wirthin! — Nun ich will dießmal nichts daraus machen, weil — wenn aber meine Herren Kollegen hier wären; so so —

Dritter Auftritt.

Voriger Kappe. Romann. Ein alter Bauer, und noch einige andere Bauern.

Romann. Guten Tag, Herr Gerichtsschreiber!

Kappe. Guten Tag, Herr Gerichtsschreiber!

Alle. Guten Tag, Herr Gerichtsschreiber!
(Sie kommen einer nach dem andern herein, ausser die letzten, welche zugleich herein treten.)

Gerichtsschr. (Setzt sich) Willkommen, ihr Herren!

Kappe. Er solls nun einmal ausmachen mit dem Handel.

Romann. Es kostet einen jeden schon acht Thaler?

Alle. Wir wollen nun nicht mehr kommen!

Gerichtsschr. (schlägt mit dem Stäbchen auf den Tisch.) Silentium! Ihr seyd der Peter Kappe?

Kappe. Ja.

Gerichtsschr. Und Ihr?

Romann. Hanns Romann.

Gerichtsschr. Nachdem sich neulich unter Euch, dem mehrbemeldeten Peter Kappe, und Euch — wie heißt Ihr?

Romann. Hanns Romann. Mein Vater ist der Kaspar Romann an der stumpfen Ecke.

Gerichtsschr. „Und Euch Hanns Romann, ein Haber hat ergeben wollen —

Romann. Nein — er hat sich nicht drein ergeben wollen, darum habe ich ihn geklopft.

Kappe. (zum Gerichtsschr.) Nun hört Ers doch, daß ich Recht habe?

Romann. (zu Kappe.) Ihr habt nicht Recht, denn —

Kappe. Herr Gerichtschreiber! Mit der geballten Faust hat er mich hier auf die Nase geschlagen —

Romann. Ihr wollt euch verdefendiren, aber —

Kappe. Ihr lügt einmal ärger, als das andere.

(Einige. Kappe hat Recht.

(Andre. Nein, er hat nicht Recht.

Gerichtschr. (steht auf.) Halt! Silentium!

(Kappe. Ich laß mich nicht betölpeln —

(Romann. Ich will euch weisen —

Gerichtschr. Halt — Ich Nahmen des hochlöblichen Amts. (die Bauern treten zurück.) Oder

ich lege euch das Handwerk! Million Bomben
Saperment! — ich weiß, was Rechtens ist!
(er schreit um so stärker, je mehr die Bauern weichen)
Ich bin dabey gewesen, war vier Jahre lang
Feldwebel, habe schwere Kampagnen gemacht,
habe mir lassen Wind um die Nase wehen —
daß ihrs wißt! he!

Kappe. Nur ja.

Romann. Ich glaubs.

Gerichtschr. (Im nämlichen Raptus.) Was?

Kappe. (lachend.) Nun er ist Feldwebel gewesen.

Romann (halb hinter dem Hute lachend) Ja
der Wind hat ihm an die Nase geweht, lieber
Herr Gerichtschreiber.

Gerichtschr. Als ich Anno 54 die große
Glocke konvoirt habe, so habe ich 9 Mann ge-
kommandiert, und will euch schon zur Räson
bringen. (im Niedersetzen.) Und es hat verlauten
wollen, als ob mehr gedachter Romann dem Peter Kappe die Nase im Gesicht habe verlädieren
wollen —

Kappe. Kucke er hier —

Romann. Ich habe ihn nicht geschlagen.
Ich fiel, und wollte mich halten, damit kriegte
ich seine Nase zu packen.

Gerichtschr. Und nunmehr nach genugsa-
mer Untersuchung —

Vierter Auftritt.

Vorige. Matthes in der Amtslivree.

Matthes. Sein Diener, Herr Gerichts=
schreiber,

Gerichtsschr. Ey — Sein Diener. Nun —
auch bey dem hochlöblichen Amt in Diensten?
Nun — gute Freundschaft?

Matthes Topp — gute Freundschaft! Ein
Gläschen darauf?

Gerichtschr Je nun — Ihm zu Liebe.
Geht in Gottes Nahmen nach Hause, ihr Leute.

Kappe. Aber mein Prozeß?

Gerichtsschr. Vergleicht euch

Romann. Wir können uns nicht verglei=
chen, darum klagen wir ja.

Gerichtsschr. Ihr sollt euch vergleichen.

Kappe. Ich habe in vier Verhören für einen
Thaler Wein getrunken.

Gerichtsschr. Trinkt Sonntags keinen.

Romann. In dem letzten Verhör hat er
allein für einen halben Thaler auf meine Rech=
nung gesoffen.

Gerichtsschr. Da ist der Bescheid.

Kappe Ich will keinen.

Romann Wenn wir uns vergleichen wollen,
so thun wirs ohne seinen Bescheid, damit kriegt
er keinen Heller.

Gerichtsschr. Vergleicht euch, oder laßt
es bleiben — nehmt den Bescheid, oder laßt ihn
liegen; nur zahlt die Unkosten — 4 Reichsthaler.

(Rappe. Ey Gott!

(Romann. Das ist zu toll.

Alter Bauer. Darnach werden wir uns weiter umsehen.

Gerichtschr. Das hochlöbliche Amt hat es befohlen. Wer nun noch ein Wort sagt, kommt in den Thurm.

Die Bauern gehen unter bedrohenden Pantomimen in den Hintergrund, und setzen dort leise ihr Gespräch fort.

Alter Bauer. (er faßt den Gerichtschreiber bey der Brust.) Spitzbube, du machst unser Dorf unglücklich!

Gerichtsschr. Nun, nun — Herr — —

Alter Bauer. Spitzbube noch einmal! Wenn du was dagegen hast — ich bin auch Soldat gewesen, und so alt ich bin, so —

Gerichtsschr. (bietet die Hand.) Ey lieber Herr Reinhard.

Alter Bauer (schlägt sie weg.) Das nehme ich nur von einem ehrlichen Kerl an. (geht zu den Uebrigen.)

Matthes. Leidet er das?

Gerichtsschr. Und wohl noch mehr. Denn ich muß ein Beyspiel geben. Hintennach weiß ich sie doch schon wieder zu —

Matthes. Nun so laß ichs gelten.

Gerichtsschr. An allen dem Unheil ist der Pfarrer aus eurem Ort schuld. Der macht die Leute so überverständig. Der Herr Oberförster macht es denn auch nicht besser.

Matthes. Nun mit dem kann es sich legen. Wenn der junge Förster Mamsel Kordel nicht

nimmt: so kann es ihm noch wunderlich gehen.
Der Amtmann hat einen langen Arm in der
Stadt, und der hats ihm geschworen. Brichts
da — so hat Er auch einen freyen Rücken.

Gerichtsschr. Der Herr Amtmann — —
die Kerls hören uns doch nicht —.

Matthes. Bewahre, die sind in ihrem Prozeß —

Gerichtsschr. Der Herr Amtmann lassen
mich nicht im Stich, da hats gute Wege! Nun —
Sie wissen auch schon, warum. — Jetzt bin
ich ihm darin sehr nöthig.

Matthes. Warum?

Gerichtsschr. O jetzt blühet mein Weizen.
Der Herr Amtmann verhängt denn so ein Schul-
denwesen nach dem andern — Versteht Er? So
was wird gar klug gemacht. Das Eselsvolk zieht
in die neue Welt, und — Er versteht schon? —

Matthes. Nun — es leben die Landdienste!

Gerichtsschr. Wo gehts denn mit Ihm hin?

Matthes. Meine erste Arbeit. Geld in die
Stadt bringen.

Fünfter Auftritt.

Vorige. Wirthin.

Wirthin. Ach du lieber Gott!

Die Bauern. (durch einander.) Was ist —
was gibts, Frau Wirthin?

Wirthin. (wischt sich die Augen, erzählt und
macht Pantomime auf Matthes.)

Matthes. Die sprechen von uns — sie werden doch nichts gehört haben

Gerichtsschr. Sollt's nicht meinen. Nun, Frau Wirthin, was Neues?

Der alte Bauer. Armer Teufel!

Alle Ja wohl. (Sie kommen herunter und setzen sich um den Kamin.)

Wirthin. Herr Matthes — Sein Dienst mag recht gut seyn, ich will auch glauben, daß Er ihn in allen Ehren gekriegt hat; aber es ist doch hart!

Matthes. Was? Ich verstehe Euch nicht.

Wirthin Der alte Fritz vom Amte war da, Du lieber Himmel, wie sieht der Mann aus! Herr Matthes — nehme Er's übel oder nicht — ich könnte nicht in den Rock stecken, den ich einem mit Gewalt vom Leibe gerissen hätte.

Matthes. Haltet das Maul, alte —

Wirthin. Nun, lieber Gott! Ich werd's nicht ändern. Aber man hat denn doch ein Herz. Es ist Winterszeit — der Mann sah ganz verkehrt aus — Er trank ein Gläschen, und suchte in den Taschen. Ja, daß ich was von ihm genommen hätte! behüte! ich schämte mich der Sünde!

Sechster Auftritt.

Vorige. Anton hat einen Hirschfänger um.

Anton. Guten Tag! (er geht grade auf den Kamin zu, zwischen Matthes und den Gerichtsschreiber,

welche sich ansehen, aber nicht rücken. Der Gerichtsschreiber grüßt kaum, Matthes gar nicht) Nun, Platz
da ! —

Gerichtsschr. Ey warum? ·

Matthes. Ich sitze gut.

Anton. Platz! daß ich auch zum Feuer kann.

Matthes. Wer zuerst kommt, mahlt zuerst.

Anton. Wißt Ihr, wen Ihr vor Euch habt?

Matthes. Was dem Einem recht ist; ist
dem Andern billig. (NB. immer ohne sich umzusehen)

Anton. Schurke, nun ist es genug (steht)

Alte Bauer. (fällt ihm in den Arm.) Herr
Förster!

Matthes. (greift nach seinem Knotenstock) Was
er denn wohl will, ins Kuckuks Namen!

Anton. Kerl, geh aus der Stube, oder du
bist des Todes!

Matthes. Ah — (setzt sich.) Noch ein Glas,
Herr Gerichtsschreiber !

Gerichtsschr. Ich wills hohlen. (geht ab.)

Anton. Laßt mich los!

Wirthin. Um Gottes willen, haltet ihn ab!

Anton. Laßt mich los ins Teufels Namen !
Ich baue ihn zusammen, den Hund —

Der alte Bauer. Gemach — Herr Förster,
bedenken Sie, Ihr alter Vater!

Anton. Und Riekchen — und mein Verspre-
chen. Alter, ich will ruhig seyn. Aber schafft den
Kerl fort. Wein, Frau Wirthin !

(Die Bauern bereden Matthes, fortzugehen.)

Wirthin. Lieber Herr! Sie sind feuerroth —
so schnell in die Hitze —

Anton. Wein, sage ich!

Wirthin. Aber, lieber Herr Förster —

Anton. (ergreift eine Bouteille, und stürzt ein Paar Gläser hinunter.) Macht nicht so viel Wesens.

Wirthin. Nun, auf Ihre Gefahr!

Alte Bauer. Und jetzt, Herr Matthes — leg Er die Pfeife ein, und geh Er.

Matthes. So bald mirs beliebt.

Wirthin. (ängstlich zwischen beyden Partheyen.) Ach Gott, Ihr Leute!

Anton. Elender Spitzbube!

Matthes. (klopft die Pfeife aus.) Jetzt ist mirs gelegen. Nun wärme Er sich, Monsieur. (im Gehen.)

Anton. Schurke! Ich habe dirs lange nicht gedacht. Aber wart, ich treffe dich schon noch.

Matthes. (hebt den Stock und will umkehren. Aber die Bauern nehmen ihn unter Pantomimen der gütlichen Zuredung, doch ohne lächerliches Getümmel, mit sich fort.)

Siebenter Auftritt.

Anton. Wirthin.

Anton. (ihm nach.) Schlechter Kerl! Noch ein Glas!

Wirthin. Lieber Herr Förster, in der Hitze, auf den Ärger — es geht ja wahrhaftig nicht.

Anton. Gebt es doch! Wer weiß. Ihr gebt mir wohl so bald keines wieder —

Wirthin. Was sind das für Reden.

Anton. Nun gebt her. (die Wirthin gibt ihm. Nachdem er hastig hinein getrunken.) Für wen tragt Ihr Schwarz?

Wirthin. Für meinen Anton. Vorige Woche ist er gestorben.

Anton. Du lieber Gott!

Wirthin. Ich habe nur den einzigen Sohn gehabt, und er hat fort gemußt. — Der Junge fehlt mir in allen Winkeln. Was hilfts? man weint ihm nach — aber. — Hin ist hin.

Anton. (mit gesenktem Blick und tiefem Athem. Hin ist hin! (abwärts.) Ob sie mir auch wohl eine Thräne nachweint —

Wirthin. Was meinen Sie?

Anton. Hin ist hin! Gebt mir Papier und Feder.

Wirthin. Hier, da ist —

Anton. (setzt sich zum Schreiben, denkt, schreibt ein Wort, streicht es aus und springt auf.) Mutter — ich wollte, ich läge so tief, wie Euer Anton.

Wirthin. Gott soll Sie bewahren! — So ein lieber junger Herr — haben so liebe Altern? warum wollen Sie sterben?

Anton. Nun, was giebts denn Neues bey Euch? Die Werber sind ja von Euch gezogen — wohin denn?

Wirthin. Eine kleine halbe Stunde von hier nach Graurode.

Anton. Nun, in Gottes Namen! — Noch ein Glas.

Wirthin. Nichts — und wenn Sie es mit Golde bezahlen wollten,

Anton. Nun, so lebt wohl. Adieu, Alte, Gott tröste euch! — Noch eins — schickt doch in meinen Ort nach Weißenbach —. da ist die Friedrike wieder in unserm Hause.

Wirthin. Ich weiß, das liebe Mädchen ist diesen Morgen hier durchgekommen — es ist ein herzlich Ding.

Anton. (Mit Feuer.) Nicht wahr? Nicht wahr, Riekchen ist gut? Nicht wahr, ihrer giebts. wenige? (Mit unterdrückten Thränen) So ehrlich — so hübsch — so brav —

Wirthin. Das ist gewiß.

Anton. (Gefaßter) Nun, so thut mir den Gefallen, geht hin — ich muß über Feld — und das Schreiben will mir nicht von der Hand — ich — ich kanns euch sagen, ich habe das Mädchen gern. Sagt ihr, ich wollte ihr bald schreiben — bald! — Ich — (Er wirft sich mit Ausbruch von Thränen auf den Stuhl) Ach lieber Gott!

Wirthin. Herr Förster, wie wird Ihnen?

Anton. (Reißt Halsbinde und Hembkragen ab) Es ist mir so heiß — so ängstlich, so bange. Ich hätte doch den Wein nicht trinken sollen.

Wirthin. Liebes Kind! Sie sind doch da nicht auf üblem Wege?

Anton. Ich wollte bald schreiben — und ich wollte sie in alle Ewigkeit nicht vergessen — Sie möchte nur nicht weinen, es ginge mir gut, recht gut.

Wirthin. Aber Sie kommen ja bald wieder; warum soll ich —

Anton. Nicht so bald — damit sie ruhig

ist — thut mir die Liebe! denkt, es wäre Euer
Anton, der Euch so bäte

Wirthin. Ja lieber Gott, dann wollte ich — .
Ja ich will es bestellen! und an ihre Altern?

Anton. (Mit heftiger Bewegung) Einen Gruß,
ich wäre hier durchgereist —. Ich ließe ihnen
noch einmal Adieu sagen. Hört ihr? — Adieu
an Vater und Mutter!

Wirthin. Mein Gott! Was ist Ihnen? —
Sie bluten ja aus der Nase, Herr Förster
(Sie ergreift seine Hand.)

Anton. (Wendet sich etwas ab, und hält das Tuch
vor.) Sie sollten Rickchen gut halten — ich wollt
es ihnen ewig — ewig danken — und ich wollte
mich gut halten und brav werden. — (Fast mit
Schluchzen) und wenn ich zu sterben käme, so
sollten sie Rickchen zur Erbin einsetzen; und —
Mutter, Gott tröst euch! (Reißt sich gewaltsam los
und fort.)

Achter Auftritt.

Wirthin. Hernach Bärbel.

Wirthin. Je, wie ist denn das? Gelaufen
— glüht wie ein Ofen — den Wein hineinge-
stürzt — nach den fremden Werbern gefragt —
ich soll den Altern Adieu sagen — und so fort!
der Teufel wird ihn doch nicht geblendet haben,
daß er unter die Reiter gehen will — was? He
Bärbel — Bärbel! — Zwar, das geht nicht;
er ist ja Förster! — Indeß es ist ein junges
Blut, und wenn denen die Ratte durch den Kopf

läuft — Freylich dürfen sie ihn auch nicht annehmen — aber sey Du Herr Förster, oder
nicht; was das Volk einmal in den Klauen hat,
giebt es nicht wieder heraus. Bärbel, he!

Bärbel (träge.) Nun, was ist?

Wirthin. Geschwind, geschwind! Ich muß
nach Weissenberg. Stell den Regenschirm parat
— bring mir meine schwarze Sammtkappe, meinen Sonntagsmantel und die Klapphandschuh.
Rühre dich. (Bärbel ab.) Das arme Weib! —
(Sie räumt Sachen vorn von der Bühne in den Hintergrund) und der gute Alte, sie grämen sich zu
Tode. Gleich will ich hin — alles zugeschlossen
— bey dem Wetter wird so niemand sonderlich
kommen. Das Mädchen mag einmal haushalten.

Bärbel (bringt die Sachen.)

Wirthin. Nun du! Mach deine Sachen
gescheidt, hörst du? Jedermann richtig Maß —
Niemand aufgehalten! (setzt die Kappe auf.)

Bärbel. Es ist über eine Stunde Weges,
es ist Winterszeit — schlechtes Wetter, ihr solltet
doch dableiben.

Wirthin. Was Winterszeit, was schlechtes
Wetter! die Leute haben nur den einzigen Sohn.
Ach, könnt ich meinen Anton wieder holen, ans
Ende der Welt wollte ich laufen.

Bärbel. Es hat ja Zeit bis morgen.

Wirthin. Wie du es verstehst! Man soll
nicht warten bis morgen, wenn man einem Menschen eine gute Stunde machen kann.

Bärbel. Aber was geht es denn euch an?

Wirthin. Höre, ich habe dirs lange ange-

merkt, wenn du nur einem Menschen ein Stück
Brod abschneiden sollst, so läßt du das Maul
hängen; keinem Menschen gönnst du was Gutes:
aber den heimlichen Neidhart sollst du abschaffen,
oder ich will nicht gesund von der Stelle gehen!
daß du's weißt! (geht ab.)

Neunter Auftritt.

Bärbel räumt alles weg. Indem kommt, der
Seite gegenüber, wo die Wirthin abging, der
Gerichtsschreiber.

Gerichtsschr. Sind sie fort?
Bärbel. Ja. Er kann gehen.
Gerichtsschr. Hats denn nichts gegeben?
Bärbel. Was?
Gerichtsschr. So — von Stuhlbeinen —
und blutigen Köpfen!
Bärbel. Bewahre uns Gott!
Gerichtsschr. Nicht einmal? O so habe ich
die liebe Zeit davon. Wo ist mein Glas? ich
hatte noch nicht ausgetrunken, als der Rumor
anging.
Bärbel. Da stehts.
Gerichtsschr. (im Trinken.) Das ist ein Kreuz.
Nichts wird Inquisitionsmäßig, und wenn die
Karten noch so gut fallen. Da hätte ich das Le-
ben verwettet, es würde wenigstens ein halber
Schädel in Untersuchung kommen — Nichts!
Seit neun Jahren keinen erheblichen galgenmäßi-
gen Malefikanten, und seit achtzehn Jahren kei-

ne Tortur — es ist zum Gotterbarmen! das —
(geht ab.)

Zehnter Auftritt.

(In des Oberförsters Hause.)

Oberförster. Rudolph.

Oberförster. Rudolph — seyd ihr auf dem
Amte gewesen — ich weiß nicht, essen wir allein,
oder — —

Rudolph. Ja. Sie kommen, nur die Frau
Amtmännin nicht.

Oberförster. Auch gut.

Rudolph. Sie sagte, unsre Hunde machten zu viel Lärm, sie kriegte Kopfweh davon.

Oberförster. Der Herr Pastor, wird wohl
noch da seyn?

Rudolph. Nein. Vor einer halben Stunde
ist er weggegangen.

Oberförster. So?

Rudolph. War der junge Herr Förster nicht
bey Ihnen.

Oberförster. Nein. Ist er auch in der Zeit
noch nicht nach Hause gekommen?

Rudolph. Ich habe ihn mit keinem Auge
gesehen.

Oberförster. Schickt einmahl nach der fahlen Eiche. Vielleicht ist er da. Er soll herein-
kommen.

Rudolph. Ganz wohl. (Geht ab.)

Oberförster. Wundern soll mich's doch, woran ich mit der Frau seyn werde? Ob —

Eilfter Auftritt.

Oberförster. Oberförsterin.

Oberförstn. (setzt sich oft in Positur, etwas zu sagen, ist verlegen um den Anfang, nimmt Tabak, und geht herum.)

Oberförster (sieht sie nicht an, und geht auf der andern Seite herum.)

Oberförstn. Nun?

Oberförster (kurz.) Was giebts?

Oberförstn. Ey fahr mich nur nicht so an.

Oberförster. Sprich vernünftig, oder schweig.

Oberförstn. Meinetwegen — ich schweige.

(Sie geht ein paar Schritte, er auch wieder.)

Oberförstn. Alter —

Oberförster. Hm?

Oberförstn. Wenn soll denn die Hochzeit seyn? —

Oberförster. Welche Hochzeit?

Oberförstn. Mit Anton und Friedriken —

Oberförster (nach kurzer Pause) Bist du doch vernünftig worden! habe Dank.

Oberförstn. Nun nun — mach nur nicht so viel Aufhebens davon! Ich denke, in der andern Woche würde sichs am besten schicken —

Oberförster. Ich habe es zwar noch verschieben wollen — aber wenn es dir Freude macht, lieber in dieser Woche, als in der künftigen. Sey nun auch wieder freundlich.

Oberförstn. (mit allem Gardinenpredigtpathos.) Eile mit Weile! So einen Morgen habe ich lange nicht gehabt, und solche Sachen hast du mir in deinem Leben noch nicht gesagt.

Oberförster. Aber herzensgutes Weib, so ärgerlich hast du auch in deinem Leben noch nicht gesprochen.

Oberförstn. Ich heulte in der Kirche, und wäre boshaft zu Hause!

Oberförster. Nun, nun — was ist benn —

Oberförstn. (mit Gefühl von wahrer Kränkung.) Nein, nein — aus allem Auffahren mache ich mir Nichts; aber so was? dann läuft es über. Wir leben dreyßig Jahre zusammen. Habe ich dich in der Zeit boshaft betrübt? Man muß seine Worte hübsch bedenken.

Oberförster. Es thut mir leid —

Oberförstn. Und dann — von Scheidung? So gottlos hast du noch nie gesprochen. Unter christlichen Eheleuten ist so was nicht erhört.

Oberförster. Ich wollte, es wäre nicht geschehen? aber über das Kapitel — ich sehe denn schon, wie ich es bey Gelegenheit wieder gut mache. Nun — ist denn nun wieder Friede?

Oberförstn. Hm!

Oberförster. Deine Hand!

Oberförstn. (giebt sie, aber sieht ihn nur halb an.)

Oberförster. Du mußt mich auch dazu ansehen. So — und einen Kuß — denk, ich wäre noch dein Bräutigam. (Sie umarmen sich.) Es hat dich denn doch nicht gereuet, daß du es mit mir gewagt haft?

Oberförstn. Nun —

Oberförster. Jetzt wollen wir darauf denken, den Leuten eine kleine stille Hochzeit zu geben.

Oberförstn. (mit aller ihrer lebhaften Geschwätzigkeit.) Was? Kleine stille Hochzeit?

Oberförster. Ich denke, es ist dir so am liebsten.

Oberförstn. Daß ich für einen Geißteufel ausgeschrien würde! daß es hieße: meine Kinder wären mir nicht einmal so viel werth!

Oberförster. Nun, wie du willst.

Oberförstn. Nein. So einen Tag erlebt man nur einmal, und den muß man in Ehren und Freuden zubringen. Alles soll dazu gebeten werden. Das habe ich mir so ausgedacht: —

Oberförster. Laß hören.

Oberförstn. Hier oben sollen des Morgens die Gäste zusammen kommen. Mittags ist die Trauung, auf die Stunde, wie unsre. Nachher essen wir hier. Den Jägern geben wir ein Fäßchen Wein, du weißt, von dem rechter Hand im Keller. Er ist vier Jahr alt, und es ist ein guter Wein — damit sollen sie unten seyn. — Abends wird hier oben getanzt — und dazu sollst du die besten Musikanten aus der Stadt kommen lassen, die besten! das sage ich dir.

Oberförster. Das will ich.

Oberförstn. Unten kann sich das Volk lustig machen. Singen, tanzen, essen, was sie wollen, wie sie wollen. Um zehn Uhr geht Alles

G

hinunter — bunt durch einander. Riekchen darf
keinem den Ehrentanz abschlagen — keinem Bauer,
keinem. Wenn ich tanze; so gebe ich —.

Oberförster (lächelt.) Das geht ja, wie am
Schnürchen!

Oberförstin. Ja. So soll Alles gehalten
werden.

Oberförster. Ich glaube, du giebst die
Heurath zu, damit du nur Hochzeitsanstalten
machen darfst?

Oberförstin. Wenn ich bey so was nicht
wäre — du vergißt Alles. Du denkst an Nichts.
Und die Kuchen, die sollen hier im Hause geba-
cken werden, nicht etwa — (Sie hört die Thür öffnen.)
Ach jemine! Unser Herr Amtmann und Mamsell
Korbelchen.

Zwölfter Auftritt.

Amtmann. Korbelchen. Vorige.

Amtmann. Es ward mir wahrlich sehr sauer,
mich loszureissen — aber auf Ihr Begehren habe
ich denn doch nicht ermangeln wollen —

Oberförster. Ja meine Frau, die — meine Frau hat (zu ihr.) — „Sehr sauer?" Sapperment!

Korbelchen. Kommen Sie, Mama! wir
gehen vorher noch auf Ihr Zimmer.

Oberförstin. Wie Mamsell befehlen.

(Oberförsterin und Korbelchen gehen ab.)

Dreyzehnter Auftritt.

Oberförster. Amtmann.

Amtmann. Ich muß wegen der Grenzstreitigkeiten mit Oberhausen noch arbeiten, ehe ich dort hingehe — die Prozeßsachen hier im Ort wollen denn doch auch gefördert seyn — wie gesagt — ich mußte mich mit Mühe losreißen.

Oberförster. Prozeßsachen? O Herr Amtmann, kehren Sie zurück, achten Sie nicht auf die Einladung — in unserm Ort sind viel Bettelleute durch langsame Justiz Wollten Sie ihnen heute helfen? O, so wahr Gott ist! dann thun Sie was Beßers, als Braten essen und Wein trinken — kehren Sie zurück.

Amtmann. Nicht doch — es kann Anstand haben. Es hat damit nicht so viel Eile.

Oberförster. Nicht Eile? — Mordtausend Sapperment!

Amtmann. Was ist Ihnen?

Oberförster. Herr! dem Ludwig Grothal kostet der Prozeß — der Bettel, über den er herkommt, ist fünf Thaler werth — kostet ihm hundert. Das Haus ist für die Gerichtskosten verkauft — das Vieh wurde herausgetrieben, indeß er auf dem Felde war. — Es war nur Vieh, aber wie ich es so in der Irre brüllen hörte, schnitt mirs durchs Herz. Die Kinder sind von der Gemeinde barmherzig aufgenommen. Er ist nach Amerika. Um Papiere, um elende Rechtsverdrehungen ist ein fleißiger Hausvater aus dem Vaterlande gejagt worden! Herr — wenn zu Ihren Treffen da — auch nur etliche Groschen von jenem Vermögen verwandt sind: so drücken sie schwer.

Amtmann. Lieber, heftiger Mann — was kann ich dabey thun? Der Schlendrian ist alt — ich kann ihn nicht heben — man muß Geduld haben!

Oberförster. Wie zum Teufel! soll es ein ehrlicher Mann mit seinem Gewissen machen? Wahrheit ist nicht Wahrheit. Wer klagt, wird ausgelacht. Wem der Kopf brennt über einen Schurkenstreich, ist ein Tollkopf. Drein hauen soll man nicht. Was denn? Schweigen, lügen, unbarmherzig, feig seyn — oder mit stehlen und rauben, drüber und drunter.

Amtmann. Mein guter Mann — das war der Welt Lauf von Anbeginn, und wirds auch wohl bleiben bis ans Ende.

Oberförster. Herr — ich glaube, Sie haben Recht.

Amtmann. O gewiß!

Oberförster. Wenn ich nicht gewiß glaubte, daß ich zu wichtigerer Ursach auf der Welt bin, als mich zu plagen und zu verweisen; daß einmal an einem andern Orte gleich gemacht wird, was hier ungleich bleibt — wenn ich das nicht mit fröhlichem Muthe glaubte: so könnte ich mit einem Schurken nicht drey Minuten allein seyn, ohne ihm eine Kugel durchs Herz zu brennen. — Wie befinden sich der Herr Sohn und die Frau Gemahlin?

Amtmann. Gott sey Dank! Recht wohl —

Wen treffe ich bey Ihnen diesen Mittag — Vermuthlich unsern Herrn Pastor —

Oberförster. Ja.

Amtmann., Ein grundbraver Mann — er predigt die lautere Moral.

Oberförster. Und was er uns predigt, thut er.

Amtmann. Wenn er nur nicht die Grille hätte, sich um das Hauswesen der Leute im Ort zu bekümmern.

Oberförster. Warum nicht?

Amtmann. Es zerstreut ihn zuviel von seinen eigentlichen Berufsgeschäften.

Oberförster. Den Menschen helfen, das hält er für seinen Beruf.

Amtmann. Helfen? (er lächelt.)

Oberförster. Und muß es denn immer Geld seyn, was hilft? Ich habe es all mein Tage gesehn, mit Geld ist oft den Leuten am wenigsten gedient. Das Herz auf dem rechten Fleck, Vertrauen — Zusprache, Geduld — ein freundliches Gesicht — Herr! Damit kann man viel Elend geringer machen. Nun will ich gehen, und Ihnen mein Klärchen vorstellen. (ab.)

Amtmann. Der Kerl ist mir so überlästig an dem Orte — reif wäre er zum Fallen, wenn nur erst — —

Vierzehnter Auftritt.
Amtmann. Pastor.

Pastor. Herr Amtmann —

Amtmann. (äußerst zuvorkommend.) Ah — bon jour, mein lieber Pastor —

Pastor. Weil ich Sie doch grade allein finde

Amtmann. Was wäre —

Pastor. Ich habe Ihnen etwas zu sagen, womit ich zwar bis nach Tische warten wollte — aber wer weiß — fände der Augenblick sich so — und dann mag ich auch ungern etwas, das mich drückt, lange gegen jemand auf dem Herzen behalten.

Amtmann. Ich bin ganz Ohr, mein lieber —

Pastor. Eben erhalte ich aus dem Konsistorium den Befehl, mich zu vertheidigen — über zehn Punkte zu vertheidigen, deren Sie mich angeklagt und deßhalb auf meine Entfernung gedrungen haben.

Amtmann. Wie? — das ist ein Irrthum!

Pastor. Das ist Ihre Unterschrift.

Amtmann. Lieber Pastor — ich — es ist —

Pastor. (sanft.) Habe ich Sie jemals beleidigt.

Amtmann. Nein — o nein — ich — die Sorge für — ich dachte —

Pastor. Ich kann mich vertheidigen, und werde Ihnen meine Antwort zuschicken. Um mich ganz wehrlos gegen Sie zu machen, da ist ein Billet an mich von Ihrer Gemahlin, worin sie mir 100 Rthlr. anbietet, wenn ich, im Namen der Religion, die Heirath des jungen Försters mit Friederiken hindern wollte. — Geben Sie es ihr zurück.

Amtmann. Die gute Frau. Mißdeuten Sie

Paſtor. Was es ſey — es iſt wieder in ihren Händen.

Amtmann. Seyn Sie verſichert, ich ſchätze Sie — und wenn eine gewiſſe Mißſtimmung über Grundſätze, wobey die Perſon nicht in Anſchlag kommt, abgerechnet iſt, ſo —

Paſtor. Das Geſpräch kann Ihnen nicht angenehm ſeyn. — Laſſen Sie uns abbrechen. Nur — Sie ſehen, ich handle offen und ehrlich; vergelten Sie mir das nicht mit Böſem! Ich bin ein armer Mann, mit nothdürftigem Auskommen, gehe jedem gerne aus dem Wege und trachte nach nichts als Ruhe. Laſſen Sie mich in Frieden leben, ſonſt verſündigen Sie Sich.

Fünfzehnter Auftritt.

Vorige. Oberförſterin. Oberförſter und Friedrike.

Oberförſtn. Wenn es nun gefällig wäre — angerichtet iſt ſchon.

Amtmann. Sogleich.

Oberförſter (mit Friedriken) Herr Amtmann, das iſt unſere Nichte Friedrike.

Amtmann. Ein recht artiges Kind.

Oberförſter. Kommeu ſie — am Tiſch finden ſie noch unſern Schulzen. — Es kann Ihnen nicht unangenehm ſeyn, mit dem ehrlichen Mann ein Stündchen zuzubringen.

Amtmann. Ein recht braver Mann, der

Schulz! Ey, Sie haben es wohl darauf angelegt, uns ein Festin zu geben.

Oberförster. Guten Willen — fröhliche
Gesichter — bezahlte Gerichte, und im ganzen
Hause nichts, das irgend einem Menschen Thrä-
nen gekostet hätte.

(Der Amtmann führt die Oberförsterin, der Pastor
Friedriken, der Oberförster geht hinten nach.)

Vierter Aufzug.

(Ein andres Zimmer bey dem Oberförster. Die
Gesellschaft ist noch am Tisch, der Bursche trägt die
letzten Teller vom Desert auf. Oben an der Ede des
Tisches sitzt der Amtmann, neben ihm der Pastor, dann
Friedrike, Oberförster, Korbelchen, Schulz und Oberförsterin unten an der Ede, beim Amtmann gegen über,
ein Kouvert für Anton.)

Erster Auftritt.

Oberförster. Nun — uns wohl! Niemand
übel!

Oberförstn. (zum Burschen, der eben einen
Teller mit Aepfeln etwas zu hoch an ihrem Kopfe vorbey
aufträgt.) Gemach, guter Freund — gemach!
Wie oft soll man euch das noch sagen? Nun,
gafft mich nicht an! Weiter, wie ich gesagt
habe — Ihr wißt schon. Was ist das? —
Warum bringt Ihr denn die Äpfel schon? Die
sollten ja hernach erst kommen und dorthin gestellt

werden. (im Hinausgehen.) Das ist ein Kreuz und ein Elend mit den Leuten!

(geht ab.)

Amtm. Wir verursachen der Frau Oberförsterin gar zu viel Mühe —

Pastor. Gewiß nicht. Sie hat ihre Freude daran, pünktlich und für ihre Gäste besorgt zu seyn.

Oberförster. (lächelnd.) Wenn nur nicht etwa eine Birn anders liegt, als sie sie gelegt hat, denn sonst kriegen wie sie mit samt den Birnen! vor einer Stunde nicht wieder zu sehen.

Schulze. Ein herrliches schönes Obst hat es gegeben vorigen Herbst! Auf dem Amthofe haben Sie auch viel Obst gehabt — nicht wahr, Mamsell?

Kordelchen. (ohne ihn zu bemerken) Papa, schicken sie mir ihre Dose, ich habe meine vergessen.

(Er nimmt sie dem Amtmann ab, und übergiebt sie Kordelchen.

Oberförstn. (mit den Birnen.) Dummes, einfältiges Zeug! Ja wenn man nicht die Augen überall selbst hat, so —

Oberförster. Nun was giebts?

Oberförstn. (ihm halb laut ins Ohr.) Da komme ich herunter, so hat der große Kerl die schöne Torte in den Sand geworfen.

Oberförster. Sonst nichts?

Oberförstn. Nun, ich denke doch —

Oberförster. So setz dich, und laß es gut seyn.

Oberförstn. Der Herr Amtmann und Mamsell. werden doch ja nicht ungehalten — Auf den
leeren Platz hier — hat meine Torte kommen
sollen — aber — aber —

Oberförster. Die Torte ist verunglückt.

Oberförstn. Verunglückt? (empfindlich) Aber,
liebes Kind! durch mich nicht; denn fertig war
sie. Aber —

Oberförster (zur Gesellschaft) Der Kerl hat
sie die Treppe herunter fallen lassen. So — nun
ist dein Gewissen befreyet.

Oberförstn. Sie könnten etwa denken,
daß —

Oberförster. Du nicht die beste Köchin im
Lande wärest. Ja, das wäre freylich ein Unglück!

Oberförstn. Der Herr Amtmann essen auch
gar nicht.

Amtmann. O ich habe mit grossem Appe-
tit gegessen.

Kordelchen. Es ist alles recht deliziös.

Amtmann. Scharmant, wahrhaftig.

Kordelchen. Frau Oberförsterin haben sehr
guten Geschmack, eine Tafel zu arrangieren.

Oberförstn. Ich bitte.

Amtmann. So ein herrlicher Tisch, und
die angenehme Gesellschaft.

Oberförstn. Mein werther Herr Amtmann,
essen Sie doch noch etwas Kuchen — ich bitte!

Amtmann. Bin nicht im Stande.

Oberförstn. Ey, nur etwas noch — ich
bitte recht sehr.

Amtmann. Ganz unmöglich, liebe Frau.

Oberförſtn. (ſieht auf, und hebt den Teller nach ihm hin.) Nur die Hälfte, ich bitte.

Amtmann. Alles dergleichen iſt mir zu ſchwer.

Oberförſtn. Zu ſchwer? Erlauben Sie mir, hochgeehrteſter Herr Amtmann, der Kuchen iſt ſehr gut aufgegangen, dafür ſtehe ich. Ohne mich zu rühmen, aber gut iſt er, beſonders gut und leicht: ſehen Sie, man könnte ihn wegblaſen, er ſchmilzt auf der Zunge. Nun ich bitte

Oberförſter. Ey, ſo nöthige du und —

Oberförſtn. Nun, ich ſage kein Wort mehr. (Setzt ſich.)

Oberförſter. Eſſen Sie ſich doch ihrer Kochkunſt zu Ehren ein Fieber.

Amtmann. Ha ha ha.

Kordelchen. Ha ha ha.

Schulze. Gutes weiſſes Mehl haben die Frau Oberförſterin, das muß wahr ſeyn.

Amtmann. (ſieht über die Tafel hin.)

Oberförſtn. Befehlen der Herr Amtmann.

Amtmann. (etwas nieder, die Hände über die Augen.) Iſt das Glace, was

Oberförſter. Glas? Glasſcherben? Glas im Eſſen? Ey, um Gottes willen! einen andern Teller.

Amtmann. (langſam) Nicht doch!

Oberförſter. Peter! He, Peter! einen andern Teller. (Peter kommt.) Einen andern Teller für den Herrn Amtmann. (Peter giebt ihn.)

Kordelchen (lacht.) Sie mißver — —

Oberförſter. Tauſend Element! da iſt nichts

zu lachen. Von Glasscherben kann man des Todes seyn auf der Stelle.

Amtmann. Nein, ich frage: ob das dort
vor dem Schulzen Glace ist?

Schulze. (hält das Glas gegen das Licht und
klopft mit dem Messer daran.) Meines ist ganz.

Amtmann. Ob das Gefrornes ist, was
dort vor Ihm steht?

Schulze. Zu dienen unterthänig, das ist
Käse.

Amtmann. So — Käse —

Schulze. Ist gefällig? (steht auf und will prä=
sentiren.)

Amtmann. Nein, stell er nur wieder hin.
Setze er sich, Schulze, Käse esse ich nicht.

Kordelchen. Ich kann ihn gar nicht leiden,
ich bitte, schicken Sie ihn fort.

Oberförst. Peter, nehm's weg.

Oberförster. Nun, munter Rickchen, mun=
ter! Du bist ja ganz stumm —

Friedrike. Nicht doch, lieber Vater — ich
bin recht munter.

Oberförster. Nun ja, das sieht man.

Oberförstn. Er wird schon wieder kommen.

Friedrike. Wo er nur seyn mag!

Oberförster. Wer? — Anton?

Friedrike. Ja.

Kordelchen Apropos — darauf wäre ich
denn doch auch neugierig.

Oberförster. Hm — wo wird er seyn —

Pastor. Sie wissen es also?

Oberförster. Ich weiß es nicht, aber das
läßt sich rathen.

Kordelchen. Nun?

Oberförster. Vormittags ist ihm etwas im Kopfe herumgegangen, darüber lief er fort — und nun — wird er seinen Zorn an einem Stück Wildpret auslassen

Oberförstn. Ja ja.

Oberförster. Mag austoben. Ich will ihn schon wieder zu recht bringen, wenn er nach Hause kommt. — Nun, Riekchen — ohne Sorgen. Es war so böse nicht gemeint. Wunderliches Ding! Ich bringe dir es zu auf seine Gesundheit.

Schulze. Ja, das trinke ich mit. Er soll leben, und so alt und so brav werden, wie sein guter Vater!

Pastor. Das soll er!

Amtmann. Dieses Prognostikon stelle ich ihm gleichfalls.

Oberförster. Daß er gut werde, so erleben wir Freude!

Friederike steht rasch auf und geht hinaus.

Kordelchen. Was fehlt der Jungfer?

Oberförster. Hm — lassen Sie sie nur — Sie ist ein braves Mädchen, aber gewaltig weich.

Kordelchen. (Hämisch) Gewaltig! Ja, so scheint es.

Oberförster. Gleich kommen ihr die Thränen in die Augen, wenn —

Schulze. Sie mag wohl auch eben keinen Haß auf ihn haben, auf Monsieur Anton —

Pause. Alle bezeichnen ihre Verlegenheit, jeder nach seinem Interesse.

Ich denke, die beyden sehen sich recht gern.

Kordelchen. Wenns gefällig wäre — (Sie steht auf. Nach ihr alle andern.)

Zweyter Auftritt.

Vorige. Rudolph.

Rudolph. (Eilfertig.) Herr Oberförster —

Oberförster. Mit Erlaubniß — (Er geht in den Hintergrund, spricht dort leise mit Rudolph. Der Amtmann desgleichen, aber vorn, mit dem Pastor.

Kordelchen. Ich werde nun auch wohl bald nach Hause müssen. Meine Mutter ist doch nicht ganz wohl —

Oberförstn. Bedaure von Herzen, daß wir von der Ehre —

Kordelchen. Nun, Mama! — Ich glaubte, Sie würden mir Antwort sagen? Wie ist es denn?

Oberförstn. Gleich werden wir zum Kaffee gehen, dann —

Oberförster. (Wieder vorkommend, halb laut, mit einiger Bedenklichkeit) Hm — Es wird schon kommen!

Rudolph. Herr Oberförster, mir ist nicht gut dabey.

Oberförster. Ihr seyd nicht klug.

Rudolph. So viel ist sicher, wenn es wahr ist, daß er nach Graurode zu ist — so traue ich nicht.

Oberförstn. Was ist von Anton? Wo ist er?

Unterdeß spricht Korbel heftig mit dem Amtmann, der Pastor gesellt sich zu dem Oberförster, Rudolph, Schulz und Oberförstnerin.

Oberförster. Ich habe Rudolphen nach der fahlen Eiche geschickt, ich dachte, Anton wäre da — er ist es aber nicht.

Pastor. Nun — das hat ja nichts auf sich.

Oberförstin. Der Junge wird doch nicht etwa ins Unglück —

Oberförster. Ist das nicht ein Geschwätz!

Rudolph. Der Schäfer von Leuthal meinte, er hätte ihn hastig nach Graurode zu gehen sehen.

Oberförster. Nun richtig. Er wird sich verspätet, und dort zu Mittage gegessen haben — Und jetzt eßt ihr — es ist schon drey Uhr — ich kann die Unordnung nicht leiden.

Rudolph. (Im Gehen) Ich traue nicht, und traue nicht. (Geht ab.)

Dritter Auftritt.

Vorige ohne Rudolph.

Oberförster. Es ist ja eine Schande, einem drey und zwanzigjährigen Kerl so nachzulaufen — Besorge den Kaffee.

Oberförstin. Ach Gott! Ich bin wahrhaftig recht ängstlich.

Oberförster. Nun ja, wie gewöhnlich. Jetzt Lied am Ende! Nach Kaffee.

Oberförstin. (mit einem Seufzer oder bekümmerten Tone.) Trinkst Du auch?

Oberförster. (schüttelt den Kopf.) Wir trinken hernach noch ein Glas Wein — wie ist's, Herr Schulze?

Schulze. Je nun — gut ist er, und er schmeckt mir heute.

Oberförstn. (das Gespräch des Amtmanns mit Kordelchen unterbrechend, mit tiefem Knix) Ein Schälchen Kaffee gefällig, Herr Amtmann und Mamsell?

Amtmann. Ich bitte darum.

Kordelchen. Ich auch, ich trinke ihn stark.

Oberförstn. Sie befehlen, Herr Pastor?

Pastor (bejahet es.)

Oberförstn. Befehlen Sie, oben oder unten zu trinken?

Oberförster. Wir kommen herunter, laß nur die Ceremonien weg.

Oberförstn. (mit tiefer Verbeugung.) Wenns der Herr Amtmann nicht ungütig nehmen, so will ich jetzt —

Oberförster. Hinausgehen.

Oberförstn. (mitten im Knix auffahrend.) So wollt' ich doch auch, daß —   (gebt ab.)

Kordelchen. Herr Pastor, begleiten Sie mich.

Pastor. Wenn Sie befehlen —

Kordelchen. Er wird sich nun wohl nach Hause machen, Schulze? Also Adieu!
(gebt ab, mit dem Pastor.)

Oberförster. Er wird so gut seyn, unten zu warten, Herr Schulze; wir sprechen hernach einander noch.

Schulze. Ganz wohl, ganz wohl. (gebt ab.)

Vierter Auftritt.

Amtmann. Oberförster.

Oberförster. Nun, Herr Amtmann, jetzt

find wir allein. Sie wollten mir ja nach Tisch
etwas anvertrauen —

Amtmann. Das wollte ich. Allein dem An-
schein nach ist meine gute Meinung überflüssig. —
Die Frau Oberforsterin hat eine gewisse Idee gehabt, und nach Zuredung von meiner Seite hat
meine Frau es sich gefallen lassen wollen, daß
Ihr Anton meine Tochter heirathe.

Oberförster. Wenn Ihnen das Zureden
sauer geworden ist, so thut mir es leid; denn
aus der Heirath kann nichts werden, weil mein
Sohn Friedriken zur Frau nehmen wird

Amtmann. So? Also hat meine Tochter
recht gesehen? Die Frau Oberförsterin dachte
vermuthlich —

Oberförster. Links, und ihr Sohn rechts.

Amtmann. Hm! Was so ein junger Mensch
will oder nicht, darauf kommt es nicht allemal an.

Oberförster. Aber hierbey denn doch wahr-
ich! Wenn er heirathen soll, so muß er beym
Blitz doch dabey seyn!

Amtmann. Wenn die Väter über die Zahl
nig sind, welche den drey Nullen vorgesetzt
werden soll, so giebt sich das Übrige von selbst. ·
h hätte ihm gewiß in Ansehung seines Dienstes
sehnliche Verbesserung verschaft, und —

Oberförster. Wenn Sie meinen Sohn glück-
machen können, so werden Sie es, auch
in er Ihre Tochter nicht heirathet.

Amtmann. Ja, o ja. — Nur —

Oberförster. Dem Geschickten steht der Un-
bicktere nach. Das versteht sich. Zu leben hat

H

mein Sohn. Um Reichthum habe ich Gott noch nie gebeten. — Indeß — (er nimmt ein Glas.) Gutes Wohlseyn! (trinkt.)

Amtmann (kalt.) Höflichen Dank.

Oberförster. Apropos — bey den Dichten haben Sie mir 500 Thaler zu viel geschickt. Ihr Schreiber hat sie zurück bekommen.

Amtmann. (mit viel Aufhebens.) Das muß ein Irrthum von dem Menschen gewesen seyn, denn ich —

Oberförster. Freylich ein Irrthum. Das sagte ich gleich —

Amtmann Daß Sie nicht denken, als —

Oberförster. Ich schickte es fort, ehe ich darüber dachte.

Amtmann. Die Gedanken sind oft mancherley — man lästert mich immer — Sie könnten glauben — als ob ich Sie — als ob ich den Weg der Erkaufung —

Oberförster. Bewahre! Etwas kaufen zu wollen, das keinen Preis hat, dazu sind Sie zu vernünftig, und zu sparsam, um 50 Thaler wegzuwerfen.

Amtmann. O ich habe so viele Feinde, nicht Einen Freund, der es redlich mit mir meinte —

Oberförster. Das ist Ihre eigne Schuld. Das macht — — Nun ein Glas! Es ist ein reiner Wein, ein guter Wein, macht fröhlich und öffnet das Herz. Mir ist so zu Sinne. — Ist Ihnen auch so — so sprechen wir jetzt wohl ein Wort mehr, als sonst!

Amtmann. Ja — wie so?

Oberförſter. Sehen Sie — was wir einer
von dem andern halten, wiſſen wir. Aber weß
das Herz voll iſt — Sie kennen das Sprichwort —
nun und ein Glas Wein löſet die Zunge. Allein
ſind wir jetzt — ſagen Sie, was Sie gegen mich
auf dem Herzen haben; ich wills auch ſo machen.
Wer weiß, kommen wir nicht näher zuſammen!
Die Geſchäfte gehen denn doch beſſer, wenn wir
einig ſind, und das ſind wir dem Fürſten und
den Unterthanen ſchuldig.

Amtmann. Lieber Mann! Einigkeit iſt ja
mein täglicher Wunſch. Ich biethe hiermit die er-
ſte Hand zur Freundſchaft.

Oberförſter. Wollen Sie, wie ich will?
Hand in Hand! — alte deutſche Treue!

Amtmann. (ſchlägt ein.) Und reciprokes Ver-
ſtändniß, amikable Behandlung.

Oberförſter. Alles was ich Ehrliches ver-
mag, ohne ausländiſche Worte voraus!

Amtmann. Kann ich mich Ihnen anvertrauen?

Oberförſter. Das kann jedermann.

Amtmann. Können Sie von Grillen abge-
n? —

Oberförſter. Die Hand darauf; wenn Sie
ir eine Grille beweiſen, ſo laſſiere ich ſie.

Amtmann. Scharmant. Sie ſollen einen
nkbaren Mann an mir finden.

Oberförſter. Herr Amtmann — wenn es
glich wäre — wenn ich Sie ſo in manchen
ücken ändern könnte — Nun. — trinken wir
b ein Glas! Nehmen Sie — ſtoſſen Sie an —

(sie stoßen an.) auf eine gute Stunde für uns Beyde! (sie trinken.) Auf eine gesegnete Stunde! (Er
schlägt ihn auf die Schulter.)

Amtmann. Wills Gott!

Oberförster Der Wein erfreut des Menschen Herz!

Amtmann. Nun ja!

Oberförster. Der Wein schafft gute Menschen. Offne, trenherzige Menschen. Nun gehen
Sie vom Platze und reden Sie zum Besten. Ich
höre und will alles, was gut ist. Nun reden Sie!

Amtmann Guter Mann —

Oberförster. Halten Sie mich dafür?

Amtmann. O, ich ästimiere Sie so —

Oberförster. Nur weiter.

Amtmann. Sehen Sie, Luxus — Bedürf-
nisse aller Art sind gestiegen —

Oberförster. Ich steige nicht mit.

Amtmann. Sie sind — gleichsam ein Land-
mann —

Oberförster. Sie sollen das auch seyn.

Amtmann. Ich bin eine obrigkeitliche Person; ich muß doch Figur machen.

Oberförster. Wenn jedermann Vertrauen
und Liebe zu Ihnen hat, so machen Sie in Gottes Nahmen die wahre Figur.

Amtmann. Man hat Kinder, denen man
etwas nachlassen will —

Oberförster. Etwas. Zu viel ist ungesund.

Amtmann. Bis man zu einem einträglichen
Posten gelangt, kostet es Aufwand von aller Art.

Oberförster. Das verstehe ich nicht.

Amtmann Das muß wieder herausgebracht werden. Mit den Herren in der Stadt, ist das eine eigne Sache; wer nicht helfen kann, kann schaden. Darum muß solchen Herren alles zu Gebothe stehen. Spielpartie — Bälle — Logis auf viele Wochen, für Herren, Bediente, Jäger, Postzug und Hunde. Woher nehmen? Da kann die Besoldung nicht zulangen.

Oberförster. Das ist begreiflich.

Amtmann. Genuß der Welt ist nur für die feinern Geschöpfe. Ob —

Oberförster. Herr Amtmann, der ehrlichste Mann ist der feinste Mann!

Amtmann. Freylich, freylich! — Aber wer nichts bedarf als Essen und Schlaf, dem kann nichts daran liegen, ob er etwas mehr oder weniger trägt, und so wird dann denen geholfen, die eigentlich Mangel oder Genuß fühlen.

Oberförster. Was heißt das? Wer sind die, welche nichts bedürfen als Essen und Schlaf?

Amtmann. Die Bauern!

Oberförster. Verderben Sie mir den Wein nicht.

Amtmann. Im Gegentheil, lieber Freund. (in noch ein Glas — (er bringt ihm ein Glas auf nimmt selbst eins.) Allons!

Oberförster. Ja — die Bauern! Sie sollen leben!

Amtmann. Natürlich!

Oberförster. Mit Freuden essen und ruhig ifen! (er trinkt.)

Amtmann. Wir wollen aber auch leben! (er trinkt.)

Oberförster. Nach Verdienst!

Amtmann. Nach Verdienst, recht so! — Ja ja — Verdienst, Verdienst! Das ist das wahre Wort. Wenn Sie nur auf dem Punkt die Grillen ablegen wollten!

Oberförster. Ein Mann ein Wort, Grillen kassiere ich

Amtmann. Nun — auf Kassierung der Grillen!

Oberförster. Ich trinke nicht mehr. Nun?

Amtmann. Sehen Sie, wenn Sie zur rechten Zeit weniger skrupulös seyn wollten, so könnten es die Bauern erst recht gut haben.

Oberförster. Wahrhaftig? Da bin ich. Ich will mich fügen. Sagen Sie, was kann ich thun, daß den Leuten die Last leichter wird? Was kann ich ändern? — Ich will alles — reden Sie.

Amtmann. Nun — das ist ja ein köstlicher Augenblick. Sehen Sie, wenn Sie mich in meinem Verfahren durch Widersprüche nicht so schikanieren — nun — nur einen Augenblick Geduld — so kann ich manchmahl den armen Teufeln durch die Finger sehen. Damit ich nun nichts verliere, indem ich den Menschen nachsehe — was wäre da zu thun? he?

Oberförster. Das will ich hören.

Amtmann. Ja, das giebt sich von selbst, und hätte sich längst geben können Sehen Sie, ein Baum — ich will sagen so ein — so genannter Holländer-Baum — Sie verstehen mich,

Oberförster. Ein Baum, den die Holländ,
zu Schiffbauholz kaufen —

Amtmann. Ganz recht.

Oberförster. Nun?

Amtmann. Nun, lieber alter Jäger vor
t Herrn, so ein Baum mit seinen Äjten, Zwei-
und Wurzeln ift doch kein lebendiger Menſch?

Oberförster. Freylich nicht.

Amtmann. Wenn er umgehauen ift, liegt
da und hat nichts empfunden. Wenn er ver-
ſt ift, Schuh für Schuh — macht es ein ar-
Sümmchen. Wenn aber mehrere der hochſtäm-
gen Narren umgehauen und verkauft ſind,
cht es eine reputierliche Summe aus. Ha ha
l (er greift dem Oberförſter kitzelnd in die Seiten)
cht wahr?.

Oberförster. (kalt.) Ich bin nicht kitzlich.
eiter.

Amtmann. Nun — ſo eine Summe nun,
: alte Bäume, angelegt, wohl verwaltet, die
nn alte ehrliche Diener warm halten, die lie-
n Kinder gegen alle Ereigniſſe decken, und ſo,
ler redlicher Freund, kann man es der Menſch-
it leichter machen, wenn man die Art ein biß-
:n mehr und öfter an der Wurzel ſpielen läßt.
:rſtanden?

Oberförster. Nicht ganz.

Amtmann. Von jedem Gewinn die Hälfte
jre! Dagegen bekomme ich erforderlichen Falls
jr Zeugniß, wie ich es jedesmahl vorſchreibe.

Oberförster. Daß dich alle Wetter! Den
eufel auf Ihren Kopf ſollen Sie bekommen!

Was unterstehen Sie sich? Mir das zu sagen
— in meinem Hause? Mir?

Amtmann. Nun, Herr Oberförster?

Oberförster. Tausend. Sapperment! — In
Ihrer Amtsstube, wo die heilige Gerechtigkeit
blinde Kuh spielt, mögen Sie Ihren Bauern so
rechts links machen; aber wenn Sie einen alten
treuen Diener des Fürsten zum Schurken machen
wollen, so soll Ihnen — Herr! wenn Gastrecht
nicht wäre, so lägen Sie jetzt Hals über Kopf
auf der Treppe.

Amtmann Was ist das?

Oberförster. Rudolph — he Rudolph!

Amtmann. Der Wein ist Ihnen in den Kopf
gestiegen. Sie sind auf meine Ehre betrunken.

Oberförster. Ihr seyd ein armer Schelm,
daß ihr dahin flüchtet! Ein bißchen rascher geht
es wohl nach einem Glase Wein, aber auf der
geraden Linie stehe und gehe ich fest! Trotz ge-
boten sey ihm auf sein Leblage, daß ich ihm
nie auf krummen Wegen begegnen werde! Nennt
mich bey euren Monatsgästen einen groben Mann
— das wird jeder glauben, so bald er hört,
daß ich mit **euch** gesprochen habe. Nennt mich
einen Trunkenbold, oder einen Schurken, so
giebt es Leute, die euch das Nein handgreiflich
beantworten werden.

Amtmann. Ich habe gesagt, was ich wolle:
so waren wir ohne Zeugen.

Oberförster Ich werde es nie vorrücken —
(er stimmt) denn ich schäme mich, daß mir so etwas Jat gesagt werden können.

Amtmann. Diese Grobheit kann ich vergelten.

Oberförster. Pah! Armer Vergelter — Rudolph!

Rudolph. Herr Oberförster!

Oberförster. Der Schulze soll kommen. — (Rudolph geht.)

Amtmann. Mich erst treuherzig zu machen, und hernach —

Oberförster. Treuherzig? Wer kann das?

Amtmann. Schon gut. Aber — (will gehen)

Oberförster. Halt!

Amtmann. Kein Wort mehr. (Geht.)

Oberförster. Für mich keine Sylbe. Wir haben von Dienstsachen zu reden. Sie wollen für tausend Thaler Holz aus dem Gemeindewald hauen lassen?

Amtmann. Ja.

Oberförster. Das kann nicht seyn, und soll nicht seyn.

Amtmann. Die Gemeinde hat Schulden, es muß seyn.

Fünfter Auftritt.

Vorige. Schulze.

Oberförster. Schulden?

Amtmann. Ja, und ansehnliche Schulden!

Oberförster. Wie sind die Schulden gemacht? Wer hat sie gemacht? Das ist ein Artikel, wobey uns die Haare zu Berge stehen.

Amtmann. Herr! wem soll das gelten?

Oberförster. Den es trifft!

Amtmann. Ich werde mich beschweren — und man wird Ihr unnützes Geschrey verbieten.

Oberförster. Wer mir verbietet die Wahrheit zu sagen, hat Theil am Raube!

Schulze. Sie sprechen von dem Holze? Nehmen wir der Herr Amtmann nicht zur Ungnade — es geht wahrhaftig nicht an.

Amtmann. Wird er gefragt?

Schulze. Leider Gottes! nein. Aber es geht gegen mein Gewissen, und dießmal, Herr Amtmann, schweige ich nicht, und wenn der Kopf drauf stände! Schulden bezahlen: verantworte es vor Gott, wer sie gemacht hat! Aber daß wir die nehmliche Schuld zum zweyten Mahle bezahlen sollen, das ist denn doch wahrhaftig zu toll! —

Oberförster. Und kurz und gut, ich leide es nicht. Der Wald ist ja so ausgehauen, daß es eine Schande ist. Die nach uns kommen, brauchen auch Holz.

Schulze. Wenn der Herr Oberförster nicht die schöne Baumpflanzung gemacht hätte, unsre Kindeskinder müßten uns ja verfluchen!

Amtmann. Ha ha ha! Mit den sechs Bäumen — mit der miserablen Baumpflanzung!

Oberförster. Sechs Bäume? Miserable Baumpflanzung? Das ärgert mich nicht, darüber lache ich. Sie sind nun zwanzig Jahre hier Amtmann, eben so lange bin ich Oberförster — Sie sagen: ich habe nichts gethan, als Zweige

in die Erde gesteckt — hingegen haben Sie viel
Prozesse und große mächtige Dinge vorgenommen — Sie haben ganze Berge geschrieben und
schreiben lassen. Indeß sind meine Zweige Stämme geworden. Nun sehn Sie — wenn Sie auch
gleich Ihre ganze Amtsregistratur an den Ort
fahren lassen, wo mein Wald steht; so liefre
ich Ihnen — darauf haben Sie mein Wort —
für jede Rechtsverdrehung, für jedes umgeßoß-
ne Testament, jede geplünderte Stiftung, oder
für jedes bezahlte Urtheil — liefre ich Ihnen
zehn gute, gerade, gesunde Stämme. Nun wissen Sie wohl selbst, daß ich dazu vielmal zehn
Stämme brauchte: also ist es keine miserable
Baumpflanzung!

Amtmann. Ich sehe wohl, es scheint eine
abgeredete Karte, mich hieher zu bitten, um mir
die schändlichsten Grobheiten zu sagen.

Oberförster Schlechte Zumuthung verdient
Wahrheit ohne Mantel.

Amtmann. Ganz gut. Aber den Tag werd'
ich ihm gedenken. (Geht ab.)

Oberförster. Nur wie bisher.

Sechster Auftritt.

Vorige, ohne Amtmann.

Schulze. Ey, lieber Herr Oberförster, denken Sie an Ihr Alter und Ihre Gesundheit! Sie
haben sich da ereifert —

Oberförster. Anfangs wohl — Zuletzt ha-

be ich ihm die Wahrheit gesagt, und darauf ist
es mir recht wohl. Hat mir doch der Mensch Sachen gesagt — ich schäme mich, sie wieder zu
erzählen. Aber wenn ich daran denke — mein
Anton die Hexe heurathen? Wo das Weib nur
den Kopf gehabt haben mag! Aber mit dem Gemeindewald soll es ihm nicht durchgehen, und
bezahlte er die Leute so blind, daß sie den Wald
nicht sähen. Heute Abend noch mache ich meinen
Bericht; und wenn er mir den ad Acta legt —
Lebt Er, Schulze, so wahr ich Gottfried War-
bergen heiße, so sollen seine Knochen auch ad
Acta gelegt werden!

Siebenter Auftritt.

Vorige. Pastor.

Oberförster. Nun? Wer hatte denn Recht?
sagte ich es nicht meiner Frau gleich, es thäte
nicht gut mit dem Amtmann und mir?

Pastor. Sie haben also wohl auch eine un-
angenehme Unterredung mit ihm gehabt?

Oberförster. Je nun — angenehm mag sie
ihm nicht gewesen seyn — Wenn ich still bin,
wie der dumme Jürge, so nennt er mich eher
ami; sage ich Wahrheit, so bin ich ein Jagd-
bauer. Daß er mich jetzt zu Hause so nennt, dafür stehe ich. Was hat denn unten meine Alte
mit dem Erbfräulein angefangen?

Pastor. Mamsell Zeck mochte längst das Ver-
ständniß der jungen Leute bemerkt haben, ohne

deßwegen auf eine Heurath zu fallen. Die Nachricht davon wirkte übel auf sie. Die gute Frau
Oberförsterin, die nun niemanden etwas Unan-
genehmes sagen kann, war dabey sehr in Verlegenheit, und wollte immer überall gut machen.

Oberförster. Hm, als wenn ich sie sähe.
Und Friedrike? —

Pastor. Ist auf ihrem Zimmer. Den Amtmann habe ich zwar nicht gesprochen, er ließ
seine Tochter unten abrufen; aber aus der Ar.,
wie er sie über den Hof mit sich fortriß, vermu-
thete ich, was hier vorgegangen ist.

Schulze. Nehmen Sie mir es nicht für un-
gut — ich meine, nun müßte es doch wegen des
Herrn Amtmanns mit uns bald ein andres An-
sehn gewinnen

Pastor. Wie so?

Schulze. Ey — es müßte besser mit uns
werden. Die Herren in der Stadt — sagt mein
Sohn — der gestudierte! schreiben frisch darauf
los für die Landwirthschaft

Pastor. Neue, gute Grundsätze gewinnen
nicht so schnell die Oberhand. Das Vorurtheil
drückt den Keim des Guten wieder unter den Bo-
den. Indeß hat er selbst mir gesagt, das Gut-
achten dieser Herren habe seine Aecker um die Hälfte verbessert.

Schulze. Ja, das ist wahr.

Oberförster. Wahr! — Gott segne unsern
Fürsten! Wahr. Aber Herr Pastor — so ein
Thier mit langen Klauen, wie der Amtmann,
sollte man einsperren. Der Fürst und wir wären

wirklich um ein Großes gebessert! Und — die
Summe zu gewinnen — bedarf er keiner Preis-
frage. Ein zerrissenes Patent, und eine feste Thür.
Die Wache geben die Unterthanen gratis.

Achter Auftritt.

Vorige. Oberförsterin.

Oberförstn. Nun — so wollte ich auch, daß
die Hochzeit schon vorbey wäre! Unten — habe
ich meine liebe Noth mit Mamsell Kordeln gehabt. Kaum ist das vorbey, so komme ich oben
hinauf zu Riekchen — die steht am Fenster, und
hat sich ein paar Augen geweint, feuerroth! —
Warum? „Ich weiß nicht." Fehlt dir was, hat
dir jemand etwas zu Leide gethan? „Nein, aber
ich weiß mich nicht zu lassen vor Angst." Und
nun wird in der andern Woche die Hochzeit seyn,
darauf muß ich noch dieß besorgen, und das besorgen — ich weiß nicht, wo mir der Kopf steht,
ich bin ganz konsterniert.

Oberförster. Laß gut seyn. Wenn deine
Hochzeitskuchen gelobt werden, so hast du alles
Leid vergessen. Jetzt geh, und hole Friedriken.

Oberförstn. Ja ja (Geht ab.)

Neunter Auftritt.

Vorige ohne Oberförsterin.

Oberförster. Nun ist mir erst wohl, da wir

so unter uns sind. Nun wollen wir bey dem Neß da noch ein halbes Stündchen verplaudern.

Paſtor. Wenn die Zeit — (Siebt nach der Uhr) Oberförſter Lieber Paſtor — laſſen Sie mir meinen Willen! Freude läßt ſich nicht rufen. Wenn ſie da iſt — wer wird ſie fortſchicken!

Zehnter Auftritt.

Vorige. Oberförſterin. Friedrike.

Oberförſter. Komm her, bleib bey uns. Du fängſt gar nicht gut an in meinem Hauſe — und doch ſollſt du länger drin bleiben als heute,

Friedrike. Sie haben Recht , ich ſchäme mich meines Betragens. Eine drückende Angſt quält mich. Ich hätte ſie verbergen mögen — aber das wäre Ihnen vielleicht noch auffallender geweſen.

Oberförſter. Iſt denn was vorgefallen?—

Friedrike. Ich weiß von nichts. Aber meine Angſt war unbeſchreiblich. — In meinem Leben habe ich ſo was nicht gefühlt. Jetzt bin ich ruhiger.

Oberförſter. Das freut mich ; denn ich möchte von Dingen mit dir ſprechen , die mir angenehm ſind. Nun ſag mir — haſt du was dagegen, wenn du in der andern Woche Frau Förſterin heißeſt?.

Friedrike. (ſchnell.) Mein Vater, liebe Mutter — ich — die Worte — ich kann nicht danken, aber hier, hier — (ſie zeigt auf das Herz.) Gott

laſſe Sie alt werden und ſegne Sie und gebe
Ihnen Freude an ihren Kindern!
(Sie umarmt erſt den Oberförſter dann die Oberförſterin.)

Oberförſter. Ja es iſt wahr — das iſt das
beſte Weib für meinen Anton! — Gott erhalte
ſie! — das beſte Weib.

Paſtor. Das iſt ſie.

Schulze. Ja, wahrhaftig!

Paſtor. Kind — ſehen Sie in dieſen lieben
alten Leuten die Belohnung der Tugend. Gute
Kinder und ein fröhliches Alter. —

Oberförſter. Leute — Herr Paſtor —
Alte — lieber Schulze; ich bin ſo froh, ſo dank-
bar gegen Gott — ſo — ach wenn doch jetzt
recht vielen Leuten ſo zu Muthe wäre wie mir!
Wenn er doch nun hier wäre, der Junge! ich
möchte ihm um den Hals fallen und mich be-
danken, daß er das Weib will.

Paſtor. Sie haben Recht.

Oberförſter. Ja es iſt mir oft heiß vor der
Stirn geworden, wenn ich an die Zeit dachte,
wo der Junge heirathen würde. Widerſprochen
hätte ich keiner Heirath, um die es im Ernſt
geweſen wäre. Wenn er mir nun aber ſo eine
Schwiegertochter gegeben hätte, die ſich um nichts
bekümmert, auf unſern letzten Athen gelauert
hätte — aus dem Hauſe wäre ich gezogen auf
meine alten Tage.

Oberförſtn. Ja wohl. Ach Gott, das wäre
ſchrecklich geweſen.

Oberförſter. Dazu — das Alter hat
Schwachheiten, man wird vergeßlich, eigenſin-

nig, grämlich und — wie es denn zu gehen pflegt,
wenn nach fechzig Jahren unfre Hütte verwittert
ist. — So was muß mit Liebe getragen werden.
Erkaufen läßt sich die Pflege nicht, auch nicht
vergelten; wem fie aber Gott giebt, den macht
er jung im hohen Alter. Das wirst du uns fepn,
Tochter! dafür haft du unfere Liebe, unfern
Segen, und ein kleines Vermögen, worauf kein
Fluch und keine Thräne ruht. — Leute, das
machte mir immer ein gutes Bette, ich mochte
fchlafen, wo ich wollte. — Die Braut foll leben! —

Alle. Soll leben!

Friedrike. Ach Gott — wie glücklich machst
du mich!

Pastor. Und der Bräutigam — er ist brav!

Alle. Soll auch leben!

Oberförster. Noch Eins — weil wir denn
doch einmahl darauf zu fprechen gekommen find:
Anton ist ein wilder Bursche; Ihr Weiber fepd
denn auch oben hinaus und flüchtig; fo gefchiehts
nun gar leicht, daß Eheleute durch Ungeduld einander überdrüffig werden. Tochter — ich bitte
dich — trag geduldig! du kaufft dir gute Tage
damit. Sieh — als ich mein Weib nahm —
war ich auch ein toller Kerl; aber das muß ich
der Alten nachfagen, fie hat viel Gebuld gehabt
— doch ich habe es erkannt.

Oberförstin. (bedeckt mit dem Tuch die Augen
und reicht ihm fo die Hand.)

Oberförster. Gott hat uns mit mancher
frohen Stunde gefegnet; wir rechneten das Übel

J

gegen das Gute auf, waren arbeitsam, theilten
mit, waren zufrieden, nicht begehrlich, lebten
still und gut in unsrer Hütte fort: so kam denn
ein Jahr nach dem andern herbey. Nun sind wir
schon dreyßig Jahr zusammen gegangen; aber
wenn Gott die Alte da mir heute von der Seite
nehmen wollte, so träfe es mich so hart, als
wenn er sie mir am Brauttage genommen hätte.

Oberförst'n. (laut weinend.) Nun nun —
laß doch — sprich doch nicht von so was.

Oberförster. So wollte ich, daß es um
euch Kinder auch stände! Wenn wir Alten dann
einmahl fort sollen — so will ich meine Augen so
ruhig schließen, als heute, wenn ich schlafen gehe.

Schulze Nun — davon sind wir, wills
Gott, noch weit!

Pastor. So denke ich auch. Aber warum
deßwegen nicht daran denken? Wahrlich, man
muß recht gut gelebt haben, und es muß eine
edle Freude seyn, die der Gedanke nicht unter-
bricht. Deßwegen hat ja das Leben nicht minder
Werth?

Oberförster. Gewiß nicht!

Pastor. Es verdrießt mich allemahl in der
Seele, wenn man sich so viel Mühe giebt, das
Leben und die Welt so hart und schwarz zu mahlen.
Das ist unwahr und schädlich zugleich.

Oberförster. Ja wohl.

Pastor. Das Leben des Menschen enthält
viel Glückseligkeit. Man sollte uns nur früh leh-
ren, sie nicht glänzend, auch nicht ununterbro-
chen zu denken. Im Zirkel einer guten Haushal-

lung ist tausendfache Freude, und gut getragne
Widerwärtigkeit ist auch Glück. Hausvaterwürde
ist die erste und edelste, die ich kenne. Ein Men-
schenfreund, ein guter Bürger, ein liebevoller
Gatte und Vater, in der Mitte seiner Hausge-
nossen — wie alle auf ihn sehen — wie alle von
ihm empfangen, und er, im Gedeihen des Guten, wieder von allen empfängt — O das ist
ein Bild, welches ich mit frommer Rührung, mit
Entzücken ehre!

Oberförster. Und in einer Landhaushaltung,
meine ich, könnte das am besten so seyn. Eine
Landhaushaltung hat besonders viel fröhliche Tage! Aussaat, Erntefest, Weinlese. — Wenn
man so ein Glas selbst gezognen Wein an einem
fröhlichen Tage trinkt — o das geht über Alles!

Schulze. Nun, Herr Oberförster, zwanzig
Jahr wie heute!

Alle. Zwanzig Jahr, wie heute!

Oberförster. Danke — danke. Nun, Mädchen, nun sing mir einmahl das Weinlied, daß
du mir neulich schicktest. — Wie hieß es doch? —
Hm hm — Am Rhein — — hm!

Friederike. Am Rhein, am Rhein da wachsen unsre Reben.

Oberförster. Höre — sing uns einen Vers
vor — wir singen ihn nach, und so — — wenn
Sie es nehmlich erlauben, Herr Pastor?

Pastor. (anmüthig.) Ey ey — seit wann
dürfen die Menschen in meiner Gegenwart nicht
froh seyn? Weil mein Amt mich oft zum Zeugen der ernsten, betrübten Begebenheiten macht,

Freunde macht, muß ich deßwegen von ihren mun-
tern fröhlichen Stunden ausgeschlossen seyn? Verbietet mir auch die Sitte, an ihrer Freude laut
Theil zu nehmen, so lehrt mich doch mein Gefühl, ihre Freude still zu ehren.

Oberförster. Nun — also — fang an. Und
du, Alte, du mußt mitsingen.

Oberförstin. Wer? Ich? Ey ich schreye
ja wie ein Rabe!

Oberförster. Du sollst mitsingen, Er auch
Herr Schulze. Nun — still! — Fang an. Es
ist doch wohl nicht zu schwer?

Friedrike. Eine simple Melodie.

Oberförster. Nun so sang an!

Friedrike (singt.)

Am Rhein, am Rhein, da wachsen unsre Reben:
Gesegnet sey der Rhein!

Schulze, Oberförster. Oberförstin.
Friedrike.

Am Rhein, am Rhein, da wachsen unsre Reben:
Gesegnet sey der Rhein!

Friedrike (allein.)

Da wachsen sie am Ufer hin, und geben
Uns diesen Labewein!

Alle (wiederhohlen.)

Friedrike (allein)

So trinkt, so trinkt! und laßt uns allerwege
Uns freun und fröhlich seyn!

Alle (wiederhohlen.)

Friedrike (allein.)

Und wüßten wir, wo jemand traurig läge —
Wir geben ihm den Wein!

Rudolph. (tritt hastig ein, redet leise mit dem Oberförster.

Alle. (Noch sehen der Schulze und Friedrike bedenklich auf den Oberförster, der erschrocken dasitzt.

Und wüßten wir —

Oberförster (geht hinauf.)
Wo jemand traurig läge —

Schulze. Was ist das?

Friedrike. Was giebts?

Pastor. Was soll das?

(sie stehen alle auf.)

Eilfter Auftritt.

Vorige. Die Wirthin.

Oberförster. (der sie führet.) Nur zu Athem, Frau!

Wirthin. Ach — Ihr Anton!

(**Friedrike.** Gott! —

(**Oberförstn.** Was ist mit Anton?

Wirthin. War bey uns — ich wollte —
Ach Gott! eben bringen sie ihn auf einem Wagen — geschlossen — voll Blut — er hat den Matthes erstochen —

Friedrike. (fällt sprachlos dem Schulzen in die Arme.

Oberförstn. Anton — ach großer Gott! —

meine Angst — ach Anton! — das einzige Kind —
Gott! erbarme dich unser! (geht ab).

Pastor. Mann, Mann! um Gotteswillen,
wie ist Ihnen?

Oberförster. Ich will aufs Amt.

Pastor. Ich will hin. Bleiben Sie — Sie
sind außer Sich. — Schulze gebe Er auf ihn
Achtung.

(Schulze. Gehn Sie nur.

(Wirthin. Ich bleibe bey der Frau.

Oberförster. Ich kann nicht fort — meine
Beine. — Gehn Sie erst — bringen Sie bald
Antwort.

Friedrike. (fängt an sich zu erholen.)

Pastor. Gott sey Ihr Trost! — ich komme
gleich wieder. (geht ab.)

Friedrike. Anton! — ach Anton! — —

Schulze. Großer Gott! Das halte ich
nicht aus.

Oberförster. O mein Kind, mein Kind,
mein einziges Kind!

(Sie wirft sich mit bedecktem Gesicht auf den Tisch.)

Fünfter Aufzug.

(Zimmer aus dem vorigen Akt. Alles steht und liegt
darin wie zuvor.)

Erster Auftritt.

Oberförster. Schulze.

Schulze. Herr Oberförster!

Oberförster (geht nachdenkend umher, und seufzt.)

Schulze. Lieber Mann — hören Sie mich,
ich meine es gut —

Oberförster. Ist der Pastor wieder da?

Schulze. Nein! — Man muß nicht an
aller Hülfe verzweifeln.

Oberförster (reicht ihm die Hand) Was macht
meine Frau?

Schulze. Tragen Sie, was Sie können.
Wenn Sie alles verloren geben, was soll erst
die Frau thun, und das arme Mädchen?

Oberförster. Das ist wahr. Ich muß den
Kopf in der Höhe behalten. Da hat er ganz
Recht — ich will auch alles thun, was möglich ist: aber erst muß ich den Pastor gesprochen
haben.

Schulze. Er wird sich, ohne daß es seyn muß, gewiß nicht aufhalten. Ach — da ist er. Nun, lieber Herr Pastor? —

Zweyter Auftritt.

Vorige. Pastor.

Pastor (bleibt in Verlegenheit und Traurigkeit nicht weit vom Eingange stehen.) Fassen Sie Herz, lieber Freund!

Oberförster. Ich bin ein Mann —

Pastor (legt die Hand auf seine Schulter.) Ein tief gebeugter Vater!

Oberförster. Also keine Hoffnung?

Pastor. Alle Beweise sind gegen ihn.

Schulze. Grosser Gott!

Pastor. Weine, unglücklicher Vater, wir weinen mit dir.

Oberförster (trocknet sich die Augen.) Wie ist es zugegangen? — Ich muß wissen, was ich zu thun habe — erzählen Sie mir alles.

Schulze. Sollte Ihnen das nicht zu hart fallen, wenn Sie es hören?

Oberförster. Die Zeit geht hin, ich muß wissen, was ich zu thun habe.

Pastor. Anton und Matthes trafen zu Leuthal im Gasthofe zusammen. Sie geriethen heftig an einander. Anton zog; allein die Anwesenden trennten sie glücklich. „Kerl, ich treffe dich wohl anderswo!" rief Anton in voller Hitze dem Matthes nach, und verließ bald dar-

auf nach ihm das Haus. Kurz hierauf findet
man Matthes, auf dem Wege nach Graurode,
blutend — ohne Zeichen des Lebens. Anton
kommt dazu, erhißt, verstört — seine Hände
und Kleider voll Blut — „Der ist der Mörder!" schrieen alle Bauern, „der ist's!" Matthes, mit dem Tode ringend, hebt sein bre-
chendes Auge auf Anton, und seufzt — „Ja,
der ist's!"

Oberförster (seßt sich, und starrt vor sich hin.)

Pastor. „Ich habe Streit mit ihm gehabt,
aber ich bin unschuldig" — sagte Anton. „Du
bist der Mörder, ja, du bist's" — schrieen alle.
Dann führten sie ihn mit sich hieher, und den
halb todten Mathes langsam ihm nach.

Oberförster. Mein Gott! —

Pastor. Alle, die im Felde und im Wirths-
hause zugegen waren, zeugen einstimmig gegen
ihn. — Nichts spricht für seine Unschuld, als
er selbst.

Oberförster. Was? (stark.) Sagt er, daß
er unschuldig sey?

Pastor. Freylich — aber —

Oberförster (ergreift ihn mit beyden Händen.)
Haben Sie ihn gesprochen?

Pastor. Nein. Aber, wie mir der Amtsschreiber sagt, so soll er mit großer Ruhe seine
Unschuld betheuern.

Oberförster (faltet die Hände.) Das ist ein
Wort des Trostes!

Pastor. Lieber Mann, wie gerne möchte ich
es dafür nehmen! — allein —

Oberförster. Ich nehme es dafür, ich halte
mich daran, und stehe fest. Mein Sohn kann
einen tollen Streich machen, aber eine Unwahr-
heit kann er nicht sagen.

Dritter Auftritt.

Vorige. Rudolph.

Rudolph. Herr Schulze — Er soll gleich
nach Hause kommen.

Schulze (unschlüssig.) Gleich!

Oberförster. Nur hin — ich gehe auf
das Amt.

Pastor. Wie, Sie wollten —

Schulze. Herr Pastor, verlassen Sie die
Leute nicht. Ich weiß vor Angst nicht, was ich
thue. (Er geht.)

Oberförster. Ich will meinen Sohn sprechen. —

Pastor. Bester Mann!

Oberförster. Ich will den Amtmann sprechen.

Pastor. Wollen Sie das Schicksal Ihres
Sohnes verschlimmern?

Oberförster. Ist mein Sohn ein Mörder —
so empfehle ich ihn Gott — lasse das Recht wal-
ten, und werfe mich in Ihre Arme.

Pastor. Ihr Schmerz macht Sie unfähig,
etwas zu unternehmen, was zur Sache taugen
könnte. Lassen Sie mich hingehen, ich will —

Oberförster. Ich bin Vater! Wie meinen

Sie, daß mir ums Herz ist? Rudolph, meinen
Hut, meinen Hut!

Rudolph (geht ab.)

Vierter Auftritt.

Vorige. Oberförsterin.

Oberförstin. (mit langsamen Gange, bleichem
Gesicht und einem Wesen, das gewaltsam unterdrückten
Schmerz bezeichnet.) Nun — wo bleibst du denn?
Ich habe dich ja schon zweymal bitten lassen, du
möchtest herunter kommen. — Hier steht auch
noch alles —

Oberförster. Laß stehen. Wie geht dir's?
Wie ist dir?

Oberförstin. Ich habe mich ausgeweint, daß
ich nicht mehr kann.

Fünfter Auftritt.

Vorige. Rudolph.

Rudolph. Eben ist Matthes herein gebracht
worden. —

Oberförster. Lebt er noch?

Rudolph. Ja. Es ist ein Bothe nach dem
Doktor von Hochfalden geschickt. Aber — lieber
Gott! die Leute glauben nicht, daß Matthes den
Abend erlebt.

Oberförster. Frau — baue auf Gott. Ich
gehe zu Anton —

Oberförstn. Ach — ab! — (sie setzt sich entkräftet) Sey nicht zornig gegen ihn.

Oberförster. Nein.

Oberförstn. Sag ihm — sag ihm, daß ich
gewiß glaube, daß alles nicht wahr ist. und daß
— ach — (sie steht auf, und fällt ihrem Mann in die
Arme) drücke ihn an dein Herz, und sage ihm,
daß ich meine Hände ringe, und flehe, daß seine Unschuld an den Tag komme.

Pastor. Ein Wort. Bestehen Sie darauf,
den Amtmann jetzt zu sprechen?

Oberförster (heft.) Ja.

Pastor. Nun — in Gottes Namen, es sey!

Oberförstn. (ängstlich) Ach!

Pastor. Vergönnen Sie mir, voraus zum
Amtmann zu gehen. Folgen Sie mir. Es kann
doch sein Gutes haben, wenn ich den Amtmann
vor Ihnen spreche. (Geht ab.)

Oberförster. Nein — (will folgen.)

Oberförstn. (hält ihn auf) Laß ihn doch —
er meint es ja so gut — laß ihn doch. Ich habe dir auch noch etwas zu sagen.

Oberförster. Was?

Oberförstn. Ich muß dich noch sprechen.

Oberförster (hastig.) Nun?

Oberförstn. Gleich. Ach lieber Mann —
ich bin krank — habe Geduld mit mir Nun,
ich will sagen — du solltest wohl vorher eines
von den niederschlagenden Pulvern nehmen.

Rudolph. Ja, das wäre wohl recht gut.

Oberförster. Kinder, laßt mich fort —

Oberförstn. Nun so geh. (sie gibt ihm nach.)

Ach höre — nur ein Wort noch. — Bleibe gelassen — sey sanftmüthig, gegen den Amtmann
— gieb ihm gute Worte. Denke doch, daß Anton in seiner Hand steht.

Oberförster. Der Amtmann steht in Gottes
Hand — dort supplizire! (Geht)

Oberförstn. Und wenn es zum schlimmsten
kommen sollte — (sie setzt sich.) Ach Anton —
Anton, mein einziger Sohn! (sie kann vor Thränen nicht reden.)

Oberförster (kommt zurück, reicht ihr die Hand,
und wendet das Gesicht ab, seinen Schmerz zu verbergen.)
Nun, nun — — fasse dich!

Oberförstn. Sprechen muß ich ihn noch!
(sie umfaßt ihn mit der Angst der Verzweiflung.) Daß
ich ihn sprechen soll, — darauf gieb mir die
Hand — ich lasse dich nicht eher aus meinen
Armen.

Oberförster (giebt ihr die Hand.) Du sollst
ihn sprechen.

Oberförstn. Nun! (sie läßt ihn aus ihren Armen) Nun, (sie trocknet die Augen,) halte dich nicht
länger auf! (sie reicht ihm die Haub.) Geh mit
Gott! —

Oberförster (schüttelt sie herzlich.) Mit Gott.
(Er geht.)

Oberförstn. (folgt ihm bis an die Thüre.)

Rudolph. Frau Oberförsterin —

Oberförstn. Was ist's? —

Rudolph. Mamsell Friederike hat schon dreymal nach Ihnen gefragt.

Oberförſtn. Ich komme — Laßt die Sachen da wegnehmen.

Rudolph (geht.)

Oberförſtn. (trocknet die Augen.) Ich darf
nicht weinen — das bricht dem armen Mädchen
das Herz. (Sie geht einige Schritte nach der Mitte
zu, bleibt ſtehen, und hält den Kopf, den ſie ſchwer fühlt.)
Lieber Gott! Er iſt ſo gerade und ſchön heran
gewachſen zu unſrer Ehre und Freude — er iſt
ſo jung und friſch — laß ihn ſtehen in deinem
Garten. (faltet die Hände.) Nimm doch mich hin
— ich gehöre nicht mehr her — und ſcheide gern
daraus. (ſie geht.)

Rudolph (ruft hinaus.) Heinrich! (er räumt ab.)
Lieber Gott! da haben ſie ſo vergnügt beſam-
men geſeſſen! Wer weiß, was nun wird!

(Heinrich tritt ein. Sie räumen die Sachen weg.)

Sechster Auftritt.

(In des Amtmanns Hauſe, und auf deſſen Zimmer.)

Amtmann und Kordelchen treten ein.

Amtmann. Laß mich in Ruhe, ſage ich dir!
Jetzt gilt es!

Kordelchen. Glauben Sie denn wirklich,
daß der Förſter den Matthes ſo zugerichtet hat?

Amtmann. Freylich. Alle Umſtände ergeben
das ja.

Kordelchen. Das iſt doch erſchrecklich.

Amtmann. Für ihn allerdings. Mich wundert es gar nicht. Solche rohe ungeschliffene Menschen, ohne Konduite, sind zu allem fähig.

Kordelchen. Was wird ihm denn nun geschehen?

Amtmann. Wie die Schrift sagt: wer Blut vergießt, dessen Blut wird wieder vergossen.

Kordelchen (bloß neugierig, ohne Schadenfreude.) So wird er also abgethan?

Amtmann (mit Achselzucken.) Das könnte ihm werden.

Kordelchen. Papa —

Amtmann. Nun? —

Kordelchen. Wenn nun aber die groben Altern zum Kreuz kriechen —

Amtmann (mit Grimm.) Müßten gänzlich heran kriechen, und lange liegen bleiben —

Kordelchen. Da könnten sich denn doch noch sonderbare Umstände ereignen.

Amtmann. Zum Exempel?

Kordelchen. Wenn der Förster Sie nun noch beweglich bitten ließe, daß er mich heurathen dürfe?

Amtmann (nachdenkend.) Hm!

Kordelchen. Das könnte doch möglich seyn.

Amtmann. O ja.

Kordelchen. In dem Falle könnten Sie ihm ja wohl durchhelfen.

Amtmann. Durchhelfen? Hm! das heißt — so viel, daß er nicht eben enthauptet wird; aber in die Gefangenschaft müßte er doch.

Kordelchen. Er könnte ja auf dem Amte gefangen bleiben.

Amtmann. In der Prison wirst du dich doch wahrhaftig nicht verehlichen wollen?

Kordelchen. Das fände sich dann schon. Wenn Sie ihn begnadigen, und er mich heurathet, so muß aber die Person von hier fort, die Friedrike.

Amtmann. Mit der werden sie es ohnehin unter solthanen Umständen näher und etwas wohlfeil geben.

Kordelchen. Wer weiß, ob die ihn nicht zu dem Mord verleitet hat?

Amtmann. Wohl möglich.

Kordelchen. Sie ist ein naseweises Ding. Das könnte man ja wohl im Verhör heraus bringen, ob die ihn angestiftet hat?

Amtmann. Was geht das mich an?

Kordelchen. Wenn man das heraus bringen könnte, so müßte so ein nichtswürdiges Mädchen ins Spinnhaus.

Amtmann. Um das alberne Ding bekümmere ich mich nicht.

Kordelchen. Sie haben Unrecht, Papa. Wenn ich etwas zu sagen hätte, so müßte die vor allen Dingen ihren Theil bekommen. Sie hat ihn gewiß zu dem Streiche verführt.

Amtmann. Larifari!

Siebenter Auftritt.

Vorige. Pastor.

Amtmann. Wer ist da? Ach, Euer Hochwürden.

Pastor. Möchte meine Würde dießmal mir
einigen Einfluß auf Ihr Herz verschaffen können,
wie glücklich wäre ich!

Amtmann. Ey warum das nicht? Setzen
Sie sich doch — —

Pastor (verweigert es.) Ich komme nicht Ihre
Empfindung zu bestürmen. Das Unglück einer
sehr redlichen Familie ist so groß, daß Sie gewiß davon durchdrungen sind.

Amtmann. Ja wohl. O ja.

Kordelchen. Papa wird gewiß thun, was
er kann. — Papa meinte vorhin noch —

Amtmann. Sie werden nicht auf das gutherzige Ding da hören: denn die Justiz muß —

Pastor. Ich unterfange mich nicht, um etwas zu bitten, was die Gerechtigkeit nicht ge-
statten kann, aber —

Amtmann. Ganz recht. Sie sind ein ver-
nünftiger Mann.

Kordelchen. Sehen Sie, Herr Pastor,
wenn der junge Förster sein Herz in meine Hände hätte geben wollen —

Amtmann. Man kann der Vorsicht nicht ge-
nugsam danken, daß daraus nichts geworden ist.

Kordelchen. Wenn aber etwas daraus geworden wäre, so behaupte ich, diese schändliche
Handlung würde gewiß nicht geschehen seyn.

Amtmann. Ja, das ist nun vorbey und vor-
über; wer wird nunmehro noch von so etwas reden?

Pastor. Ja, lassen Sie uns davon reden.
Eben dieser guten Absicht wegen, da Sie ihn zum
Sohne ausersehen hatten, so hoffe ich, Sie wer-

K

den auch jetzt noch in Ihrem Herzen eine Stim-
me für ihn reden lassen, Herr Amtmann.

Amtmann. O ich liebe alle Menschen.

Kordelchen Ich auch. Ich liebe meinen
Nächsten wie mich selbst.

Pastor. Daher hoffe ich —

Kordelchen. Und wenn Sie ihn sehen, den
Unglücklichen, so sagen Sie ihm nur, ich be-
dauerte ihn recht.

Amtmann. Das gehört ja nicht daher.

Kordelchen. Ich meine nur, daß, wenn
er etwa Reue und Gewissensbisse empfinden sollte,
weil er mir wegen einer schlechten Kreatur, die
ich recht von Herzen verachte und verabscheue,
schlecht begegnet ist, daß Sie ihm dann sagen,
daß ich ihm alles vergebe.

Pastor. Das erwarte ich.

Amtmann. Ja — Groll haben wir weiter
gar nicht.

Pastor. Gott Lob! Ach ich danke Ihnen dafür mit Freudenthränen. (drückt ihm die Hand.)

Kordelchen. Gar keinen Groll. Au con-
traire, wenn er noch in sich gehen sollte —

Amtmann. Wirst du schweigen?

Kordelchen. Ich bin gutherzig, und wäre
immer noch geneigt —

Amtmann. Still, sag' ich. Bey so einem
schweren Handel, auf Leben und Tod, da kann
die Liebe nicht in Anschlag kommen. Geh deiner Wege.

Kordelchen. Wie mon cher pere befehlen. Ich will auch gar von meinem Mitleiden,

nicht mehr reden. Nur eine Bitte gewähren mir
Papa —

Amtmann Welche?

Kordelchen. Wenn er gar nicht zu retten
wäre, und daß es dahin kommen sollte — Gott
verhüte es! daß er etwa sollte hingerichtet werden, daß es nur nicht hier im Orte geschehe —
(sie thut, als weinte sie) Ich würde um die Erlaubniß bitten müssen, zu verreisen. (geht ab.)

Achter Auftritt.

Amtmann. Pastor.

Amtmann. Nun, Herr Pastor, was sagen
Sie zu meinem Kordelchen? Haben Sie das gehört? Welch ein Herz!

Pastor (mit einem Seufzer.) Ach ja!

Amtmann. Das Ding hat so ein sensibles
Gemüth, daß es nicht genug mit Worten zu be-
schreiben ist. So ein Mädchen auszuschlagen!

Pastor. Wenn das Herz schon gewählt hat —

Amtmann. Ja freylich! Aber das nehmen
Sie mir nicht übel, brutale Menschen sind sie
alle — die ganze Familie.

Pastor. Bedenken Sie, daß alle diese Leute
nun höchst unglückliche Menschen sind.

Amtmann. Das haben Sie sehr recht bemerkt — das ist wahr.

Pastor. Und daß, indem Sie der Gerechtigkeit ihren Lauf lassen, Ihre Milde doch manches
erleichtern kann.

K 2

Amtmann. Das mag alles ſeyn! — (lebhaft.) Nur eins bitte ich mir von Ihnen aus. Ich weiß, wie es in ſolchen Fällen zu gehen pflegt. Was man erſt hochmüthig von ſich geſtoßen hat, erſtehet man nachher wieder. Die Ältern des Delinquenten werden nun denken: wenn wir nachgeben und demüthig ſind, ſo werden wir den Amtmann gewinnen; und der Herr Sohn wird in der Angſt vor dem Schwerte nunmehr meine Tochter erſtehen wollen. — Das bitte ich mir von Ihnen aus, daß Sie die Leute nicht auf ſolche Wege führen

Paſtor. Sein Sie darum außer Sorgen.

Amtmann. Man kann nicht wiſſen.

Paſtor. Dieſe geraden redlichen Leute ſind unfähig —

Amtmann. Ja, wenn die Angſt nicht wäre! Ey — in der Angſt —

Paſtor. Ich behaupte es — die Leute ſind unfähig eine Niederträchtigkeit zu begehen.

Amtmann. (heftig.) Nun — eine Niederträchtigkeit wär' es eben nicht.

Paſtor. Unter dieſen Umſtänden allerdings.

Amtmann. Wer meine Tochter heurathen will und ſein Unrecht bereut, begeht eben keine Niederträchtigkeit; das habe ich nicht geſagt. — Er — er — er ſucht vielmehr in der Angſt ſich zu retten. So würde man es anſehen müſſen.

Paſtor. Würden Sie dann dieſe Hülfe geſtatten?

Amtmann. Das ſage ich nicht. (heftig.) Wo habe ich Ihnen das geſagt?

Paſtor Im Gegentheil, Sie haben mir aufgetragen es zu verhindern, daß die Leute nicht etwa auf einen ſolchen Gedanken kommen möchten.

Amtmann. Genug — Sie können wiſſen, was Sie jetzt zu thun haben.

Paſtor. (bittend.) Lieber Herr Amtmann —

Amtmann. (mit dem Fuße ſtampfend) Machen Sie mir den Kopf nicht warm!

Paſtor. (in der äußerſten Verlegenheit.) Mein Gott — was ſoll ich jetzt thun?

Amtmann. Ein geſchickter Negotiatör weiß das, eh' er ſich in ein Geſchäft einläßt —

Paſtor. Ich komme ja nur als —

Amtmann. Mein Herr — ich habe keine Redensarten umzutauſchen. — Wollen Sie handeln — ſo wiſſen Sie, was zu wiſſen iſt. Wollen Sie Reden halten, ſo nehmen Sie ihren Mantel um und begeben Sie ſich ins Gefängniß. So viel — jetzt iſt's genug. Adieu!

Paſtor. Wenn ich glauben ſoll, Sie verſtanden zu haben —

Amtmann. Das bleibt Ihnen anheim geſtellt. —

Paſtor. So kann ich die Sache nicht leiten, wohin Sie wollen

Amtmann. Dabey habe ich nichts zu verlieren.

Paſtor. Herr Amtmann! auch Ihre Stunde wird ſchlagen — Bedenken Sie das jetzt!

Amtmann. (faltet die Hände.) Nach Gottes heiligem Willen.

Paſtor. Dieſer Handel kann Ihnen in den Leiden der letzten Stuhde ſehr hart fallen.

Amtmann. Um jene Zeit werde ich mich nach dem gehörigen Zuſpruch umſehen. Jetzt — Sie nehmen es nicht ungütig — habe ich Arbeit. Ihr Diener.

Paſtor. Jene unglücklichen Leute werden durch die Feſtigkeit ihres Charakters und ihr Vertrauen auf Gott Ihre Achtung erzwingen Iſt es im Rathe der Vorſehung beſchloſſen, daß ich mich nicht über ihre Rettung ſoll freuen können, ſo werde ich nie den Muth verlieren über ihr Unglück mit ihnen zu weinen.

(Er geht, an der Thür begegnet ihm der Oberförſter.)

Neunter Auftritt

Vorige. Oberförſter.

Oberförſter. (ernſt und mit Wanmuth. Er verbeugt ſich gegen den Amtmann.)

Amtmann. Da iſt ja der Herr Oberförſter! Ihr Diener. Ja — als wir uns das letzte mahl ſahen, wer hätte damahls denken ſollen, daß ſo ein horribler Exceß vorfallen könnte! Du lieber Gott!

Paſtor. Mein redlicher Freund! (er nimmt ſeine Hand.)

Oberförſter. (zum Paſtor.) Was macht er?

Paſtor. (zuckt die Achſeln.)

Amtmann. Lieber Gott, wenn es erſt einmahl ſo weit hin iſt — was will man in ſolchem

Umständen von dergleichen armen Menschen erwarten? — Wehklagen — Wimmern — Angst.

Oberförster. Ja! (er sieht den Amtmann an.) das ist eben die Frage — (zum Pastor.) das möchte ich wissen.

(Amtmann. Was?

(Pastor. Was meinen Sie?

Oberförster. Ob er wehklagt und wimmert?

Amtmann. Natürlich ist zu glauben, daß bey einem so schweren begangenen Verbrechen, als das ist —

Oberförster. Der gutherzige Mörder wehklagt im Gefängniß; das gebe ich zu. Der unschuldig Angeklagte — erwartet seinen Retter, und wimmert nicht.

Amtmann. Du mein Gott, ich muß mich über Sie wundern.

Oberförster. (sieht ihn an.)

Pastor. Weßhalb, Herr Amtmann?

Amtmann. Ein Vater — freylich — ein Vater schmeichelt sich gern.

Oberförster. (ernst.) Das will ich wahrhaftig nicht.

Amtmann. Ist auch vernünftig. Denn — wer kann bey den vorliegenden Umständen noch an Unschuld denken?

Oberförster. Der Vater!

Amtmann. Ein Vaterherz freylich — das jammert, und —

Oberförster. Ich jammere nicht sehr.

Amtmann. Nun das ist räsonabel — Aber setzen Sie sich. —

Oberförster Nicht nöthig —

Amtmann. Ach, wer wird da Umstände machen! Setzen Sie sich; Sie werden es doch auch in den Knieen spüren — das große Unglück.

Oberförster (auf das Herz deutend.) Hier ist Vertrauen, und so achte ich der Mattigkeit nicht.

Amtmann. Thun Sie sich nicht Gewalt an; man leidet hernach nur um so peinlicher.

Oberförster. Ich will Ihnen die ganze Inquisition erleichtern.

Amtmann. Wie das?

Oberförster. Kann ich meinen Sohn sprechen? —

Amtmann Wie? Sie meinen —

Oberförster. Ob ich meinen Sohn sprechen kann?

Amtmann Ey. — das sollte ja wohl angehen — in meiner Gegenwart, versteht sich.

Oberförster. Versteht sich.

Amtmann. Aber wozu soll das helfen?

Pastor. Diese Erschütterung —

Oberförster. Ich werde dann wissen, woran ich bin.

Amtmann. Sie dürfen sonst auch nur das erste Verhör lesen, so werden Sie hinlänglich —

Oberförster. Das kann mir nichts helfen. Ich muß auf seinem Gesichte lesen.

Amtmann. Was wird daraus erhellen?

Oberförster. Leben oder Tod.

Amtmann. Dergleichen Merkmahle sind trüglich —

Oberförster. Sagt er mirs ins Gesicht,

daß er unschuldig ist — so ist er es auch. Ist er
ein Mörder — so gesteht er es mir. Er kann
nicht lügen.

Amtmann. Wenn er Ihnen auch seine Unschuld betheuert —

Oberförster. Dann ist es meine Pflicht,
daß ich Menschen suche, die auf mein Elend hören: dann muß ich Himmel und Erde bewegen,
daß man den Beweis seiner Unschuld abwarte.

Amtmann. Ja du mein Gott — das lautet
ganz gut —

Oberförster. Dann hoffe ich von meinem
menschlichen Fürsten zu erlangen, daß das Ab-
warten befohlen werde Gesteht er seine Schuld —
nun so mag dann das Schwert fallen, daß er
und ich und seine Mutter schnell zu Ende gehen.
Kommen Sie.

Amtmann. Herr Oberförster —

Oberförster. Leben oder Tod — Ich will
mein Urtheil wissen!

Amtmann. Er kann ja daher gebracht
werden.

Oberförster. Ich will keine Mühe machen —

Amtmann. Wozu wollen Sie sich eine Al-
teration verursachen? Das Gefängniß —

Oberförster. Das gehört zur Sache.

Amtmann. Die Ketten —

Oberförster. (heftig) Was? In Ketten? —
(er faßt sich) Ganz recht! das muß seyn. (er trocknet unwillkührlich das Auge und sagt etwas weich)
Seyn Sie denn so gut, ihn kommen zu lassen.

Amtmann. Das will ich denn auf Ihr Ver-

langen bewerkstelligen. — Sie sehen übrigens, daß ich ohne allen bösen Willen bin. (geht ab.)
Oberförster. Desto besser für Sie.

Zehnter Auftritt.

Oberförster. Pastor.

Oberförster. (geht nach dem Stuhle und stützt sich auf die Lehne. Er seufzt tief)
Pastor. Gott erhalte ihre Fassung!
Oberförster. (sieht in die Höhe.)
Pastor. Ich billige ganz Ihr Verfahren.
Oberförster. (schlägt die Hände zusammen.)
Pastor. Dabey halte ich es für meine Pflicht, Sie zu bitten — wenn das anders möglich ist — sich auf das traurigste zu bereiten.
Oberförster. Mein Gott — — mein Gott! (Er setzt sich entkräftet. Pause.)
Pastor. Und wenn es Ihr hartes Loos seyn sollte — das Traurigste zu hören —
Oberförster. (hält das Tuch vor die Augen, seine Brust hebt sich von Schluchzen.)
Pastor. Dann bleibt Ihnen ein Freund, der dem Rest Ihrer Tage sein Leben widmet.
Oberförster. (reicht ihm die Hand.)
Pastor. Geduld dann. — Lang kann die Bahn Ihres Jammers nicht mehr seyn.
Oberförster. Das weiß ich: (steht auf.) das ist auch der beste Trost.
Pastor. In diesem schlimmen Falle hat man

mir freylich auf gewisse Weise eine Absicht der
Hülfe eröffnet —

Oberförster. Wer?

Pastor. Der Amtmann —

Oberförster. Was will er?

Pastor. Wenn Anton seine Tochter heurathen
wollte —

Oberförster. Das thut er nicht, und —

Pastor Wenn Sie in den Dienstgeschäften —

Oberförster. Nichts! — Ist mein Sohn
ein Mörder, so wird er selbst sein Recht ver-
langen.

Pastor. Es war indeß meine Schuldigkeit,
Ihnen alles zu sagen, was zur Rettung führen
könnte. —

Oberförster. Lieber Pastor — wenn ein
Mensch, mit einem Mord auf der Seele, nie-
berträchtig seinen Athem erkauft, kann man das
Leben nennen?

Eilfter Auftritt.

Vorige. Amtmann. Anton. Vier
Bauern mit Gewehr in der Hand.

Anton. (ist in Ketten.) Vater! (er stürzt auf
ihn zu.)

Oberförster. (in einem Mißton von Schmerz,
Liebe und Heftigkeit.) Halt! dort bleib!

Anton (bleibt auf der Mitte des Weges zu dem
Vater betroffen stehen.) Guter — armer — lieber
Vater!

Oberförster. Alles war einig. (*heftig.*) Deine Hochzeit sollte in acht Tagen seyn. Aber du hörtest nicht, liefst wie ein unsinniger Mensch von deinen Ältern weg. Ungehorsamer Mensch!

Amtmann. (*besänftigend.*) Herr Oberförster — (*zu den Bauern.*) Geht nur hinaus!

(*Die Bauern gehen.*)

Oberförster. Nein!

Amtmann. Bleibt vor der Thür.

Oberförster. Bleibt hier, Nachbarn —

(*Die Bauern sehen sich in der Thür um.*)

Kommt herein — Sie erlauben es? —

(*Die Bauern treten näher.*)

Seyd Zeugen zwischen mir und meinem Sohne. Anton ich frage dich vor diesen ehrlichen Männern — vor diesem Freunde — (*auf den Pastor deutend.*) Der Dich zum guten Menschen gebildet hat, ich, dein Vater, der dir Wahrheit und Gehorsam zur Pflicht gemacht hat — ich, von dem Du nie ein unwahres Wort gehör t hast — ich frage dich jetzt — einst wird Gott dich fragen, — bist du ein Mörder, oder bist du unschuldig?

Anton. Ich —

Oberförster. Eile nicht, daß nicht dein Verderben auch eile. Antworte, die Hand aufs Herz — Dein Auge auf mein Auge angelegt — Warte — (*Pause.*) Seht ihm alle ins Gesicht — So! nun antworte in Gottes Namen.

Anton (*Die Hand aufs Herz, Auge im Auge mit dem Vater.*) Ich bin unschuldig und kein Mörder.

Oberförster. (im Begriff auf ihn zuzugehen, hält er inne.) Du bist unschuldig?

Antan. So wahr —

Oberförster. Wort ist genug. (er stürzt ihm in die Arme) Ich vergebe deinen Ungehorsam —

Anton. Vater — lieber ehrlicher Vater — (er kniet nieder.)

Oberförster. Ich segne dich, mein Sohn! (hebt ihn auf und sieht ihn starr an.) Geh in dein Gefängniß — sey getrost — Deine Unschuld wird an den Tag kommen — traure nicht. Dein Gewissen und unser aller Liebe und Gebet begleite dich und werden dich aufrecht halten. — Die Landstrassen müssen sicher — die Gerechtigkeit muß gehandhabt seyn. — Geh in dein ehrliches Gefängniß — deine Ketten können nicht schwer seyn, wenn dein Herz leicht ist (er küßt ihn herzlig.) Geh mit Gott, Anton. (er macht sich los. Anton behält seine eine Hand.)

Anton. Was macht meine arme Mutter?

Oberförster. Nun kann ich ihr Trost bringen.

Anton. Friedrike — ach Friedrike!

Oberförster. Ich sage dir, du wirst sie wieder sehen! — Herr Amtmann — thun Sie was Ihres Amts ist. Ich bin nun ganz beruhigt.

Amtmann. Das Zeugniß des Sterbenden—

Oberförster. Warum soll ein lebendiger, ehrlicher Kerl nicht mehr gelten, als ein sterbender Schurke?

Zwölfter Auftritt.

Vorige. Schulze und Rudolph, den Amtschreiber in der Mitte.

Rudolph. Herr Oberförster, um Gottes willen —

Schulze. Herr Oberförster — Herr Amtmann — ach ich kann vor Freude nicht sprechen —

Amtmann. Was giebt's Herr Amtsschreiber?

Amtsschr. Wichtige Dinge —

Rudolph. Ey, es kommen mehr Leute, die hierher gehören. (er läuft fort.) Ich gehe ihnen entgegen.

Amtmann. Ein Tumult — (zu den Bauern.) Ihr Leute —

Schulze. Ist alles nicht mehr nöthig —

Oberförster. Ich stehe für den Gefangenen — es gehe wie es wolle. Redet, Leute —

Pastor. Was ist denn vorgefallen?

Schulze. Matthes kommt mit dem Leben davon. —

Amtsschr. Der alte Fritz hat den Matthes verwundet. — Der Herr Förster ist unschuldig, der Herr Förster ist unschuldig! —

(**Oberförster.** Anton?)

(**Pastor.** Was?)

(**Anton.** Seht ihrs nun? Ich bin unschuldig — seht ihr es?)

Amtsschr. Wie der alte Fritz hörte, daß man den Herrn Förster beschuldigte, ist er nachgekommen, und hat sich dem Schulzen selbst eingeliefert.

Schulze Ich habe ein Protokoll vor Zeugen aufgenommen. Da, hier ist es. (er reicht es dem Amtmann.)

Amtmann (ließt darin.)

Amtsschr. Matthes ist dem alten Fritz unterwegs begegnet, hat ihn gereizt. Darauf hat jener den Matthes verwundet. Matthes hat sich von der starken Verblutung erholt, die Wunde ist nicht tödtlich, und sein Geständniß bestätigt alles.

Amtmann 2c. Das ist erstaunlich! —

Oberförster. Er hat die Wahrheit gesprochen. — (er zeigt auf Anton zu.) Gott sey gelobt!

Anton. Vater — lieber Vater!

Oberförster. O mein Sohn! Anton, Anton, Anton, mein einziger Sohn! — Fort zu der Mutter —

Amtmann Halt! Einen Augenblick nur. Ich weiß doch nicht, ob alles —

Amtsschr. — Alles wahr —

Schulze. Wahr, überwahr!

Amtsschr. Mit allen Formalitäten erwiesen. In fidem, Herr Amtmann.

Oberförster. Nehmt ihn gefangen, ihn und mich und meine ganze Familie dazu. — Wir wollen zu Gottes Ehre und Herrlichkeit jubeln in den alten Mauern, daß jeder, der ein Herz in der Brust hat, bitten und flehen muß. — Fort — sperrt mich mit hin zu dem Glückseligen.

Amtmann. Wenn's denn so ist. — —

(**Schulze.** Ja, ja, ja!

(Anton. So wahr Gott lebt, so ist es!

(Amtsschr. Allerdings!

Amtmann. Und — da es denn so ist, so gratulire ich und wünsche —

Oberförster. Wünschen? — Mein Einziger, ich halte dich in meinen Armen — seht doch wie reich ich bin — was kann man mir wünschen, was ich nicht habe?

Dreyzehnter Auftritt.

Vorige, Friedrike.

Friedrike (läuft außer Athem auf Anton zu.) Ach — Ach!

Anton (fängt sie auf) Friedrike! — Friedrike! — schlag auf deine Augen — ich bin kein Mörder! Friedrike, höre mich — ich bin kein Mörder!

Vierzehnter Auftritt.

Vorige. Die Oberförsterin von Rudolph geführt.

Oberförstn. Mein Sohn — mein Sohn! Anton!

Pastor (ihr entgegen, führt sie herein: sie umarmt Anton von der andern Seite.)

Anton Mutter!

Oberförster. Nimm mir, Gott, Haus und Hof — nimm mir alles — nur laß mich die

Menschen noch eine Weile so glücklich beysammen sehen.

Anton. So will ich denn die Kutsche bestellen. (geht ab.)

Ein Bauer. Gott erhalte ihn, Herr Oberförster!

Ein Andrer. Seht wie sie weint, die arme Frau!

Alle. Die guten Menschen! die braven Leute!

Amtsschr. (hat vorher geklingelt und einem Bedienten etwas gesagt. Jetzt tritt ein Bauer ein und nimmt Anton die Ketten ab.)

Friederike (umarmt ihn von der Seite.) Nein, ich lasse dich nicht mehr von meiner Seite — aus meinen Armen reißt dich niemand mehr!

Oberförstn. Sehe ich dich wieder? — Bist du unschuldig? — Ist er unschuldig? — —

Alle. Ja.

Oberförster. Gott sey gelobt, ja!

Oberförstn. Ach wie ist mir zu Muthe! — Ich zittere vor Freude und Mattigkeit. —

Oberförster. Gott segne uns und euch und alle Welt! (rasch.) Herr Amtmann — Wo ist er? Fort! Nun — Gott segne jeden, der sich noch schämen kann —. Gott segne und beßre ihn! Für den alten Fritz will ich bitten — betteln — Mein Sohn ist unschuldig — den Schuldigen muß ich retten, und dazu wird Gott helfen! Und nun fort — fort! — Dürfen wir gehen, Herr Amtsschreiber?

Amtsschr. Ja, wenn Sie wollen.

Oberförster. Kommt! (er führt die Frau.)

Anton stütze deine Mutter — Friedrike — nimm
deinen Mann gefangen — Herr Pastor — führen Sie uns zum gesegneten Eingange in die
Hütte des Friedens. Herr Schulze — komm
Er mit zum grossen Dankfeste, welches er be-
reitet hat. Und wer Freude hat an unserm Glü-
cke — Ihr Alle, die Ihr Gott dankt mit Wasser im Auge — kommt in acht Tagen auf das
Hochzeitfest der jungen Leute; dann wollen wir
sagen und singen: Zwanzig Jahr wie heute!

(Sie gehen.)

www.ingramcontent.com/pod-product-compliance
Lightning Source LLC
Chambersburg PA
CBHW021109020726
47500CB00003B/680